ドン・キホーテの
ことわざ・慣用句辞典

Diccionario de Refranes y Locuciones del QUIJOTE

山崎信三
Shinzo Yamazaki

論創社

娘ふたり、直子(故)と暢子に捧げる

Para mis hijas Naoko y Nobuko

まえがき

「未だかつて後編によきものなし」(Nunca segundas partes fueron buenas) とは、『ドン・キホーテ』前編 (1605) の10年後にその「後編」を世に送り出したミゲル・デ・セルバンテス (1547 - 1616) 晩年のなかなかの洒落であるが、ことあるごとにことわざを駆使しておきながら、物語も終わりに近い後編第67章で「ことわざはもうたくさんじゃサンチョ、わしはこれまで幾度もそうむやみにことわざをふりまくものではない、もう少し手加減しろと、おぬしに忠告しておいたはずじゃ」、とドン・キホーテに言わしめるあたりは読者の笑みすら誘う。そこでは従者サンチョ・パンサが事の次第の説明にことわざ一つで済みそうなところに四つを当て、苦言を呈する主人ドン・キホーテが二つを用いる。そして応酬するサンチョがさらに一つを加える、という念の入れようである。

世界文学史上不朽の名作かつ永遠のベストセラーとも言われる『ドン・キホーテ』には、「古くから人口に膾炙することわざや格言、慣用句」等がふんだんにちりばめられている。まさに「ことわざの宝庫」としての精彩を放ち、これらの正確な解釈をなおざりにしては『ドン・キホーテ』の真の理解はあり得ない。ことわざにはストーリー性があり、慣用句には文脈による意味の変化という側面もある。かと思えば、難解すぎて匙を投げたくなるようなものにも出会う。例えば "Si os duele la cabeza, untaos las rodillas" の場合、直訳「頭痛なら両膝に軟膏」を引き出してはみたものの、その理解に至るまで筆者は30年あまりを要した。ようやくそれが「まったく無関係な二つの件の一方を用いて他のもう一方を説明することはできない」ことを意味すると知り、わが国でも内容は異にするが〈眉に唾をつける〉という特異な言い草があるではないか、と合点してみる。

言語の如何を問わず、ことわざや格言は異質な文化圏それぞれの精神文化の遺産であり凝縮であるといえる一方で、人類の長い文化交流の歴史は世界各地に「導入」や「折衷」による共通のものを多く散在させるに至った。日本語での同類あるいは類似のものに出会えば人心地つける所以である。また日本のことわざは時に、俳句や短歌のように5音句や7音句の息継ぎと間合いを好み、その残響すらも味わうのであるが、スペインのことわざには前半句末と後半句末に韻を踏むものがある。これはスペイン語の詩句、詩歌がその詩句末、詩節末に韻を踏むことに似ている。つまり発音上のアクセントのある母音以降が子音も含めてすべて同じ音になる押韻（同音韻）と、その母音以降の母音部分のみが同じになる押韻（類音韻）の両者が、休止や抑揚を含めた音響効果を担う。本書ではそんな表情も拾い出してみよう。

　本書第Ⅰ章では主としてことわざ、格言、故事、そして慣用句のよく知られるもの（計約370例）を、第Ⅱ章では主として慣用句と若干の故事（計およそ1200例）をあつかう。アルファベット順に整理するそれぞれには、拙訳、解釈のヒント、作品中における登場箇所（ローマ数字Ⅰは『ドン・キホーテ』前編、Ⅱは同後編とし、ハイフン後の数字は章を指す）とその話し手、脚韻、〈日本での類似あるいは関連のもの〉、スペイン語での同類あるいは参照、関連対象となるもの、などを記す。

　　　　　　　　　　　　　　　　　　　　　　　　山崎　信三

目　次

まえがき …………………………………………… iii

凡例 ………………………………………………… vi

第Ⅰ章　ことわざ・格言 ………………………… 1

第Ⅱ章　慣用句 …………………………………… 121

あとがき …………………………………………… 210

参考文献 …………………………………………… 213

スペイン語のことわざ索引 ……………………… 214

スペイン語の慣用句索引 ………………………… 224

日本語のことわざ索引 …………………………… 241

凡　例

1．対象
　本書はスペインが世界に誇る文豪ミゲル・デ・セルバンテス・サアベドラ Miguel de Cervantes Saavedra（通称セルバンテス）著『機知に富んだ郷士ドン・キホーテ・デ・ラ・マンチャ』El Ingenioso Hidalgo Don Quijote de la Mancha（通称『ドン・キホーテ』）に登場することわざ、格言、故事、慣用句、等をできるだけ多く拾い、わが国のスペイン語、スペイン語文学・文化学習者、研究者は無論、ローマ字の読み方を理解する一般の読者を対象として編んだ。かつてローマの人たちが話していた「俗ラテン語」を母体とするスペイン語の読み方の目安はこの凡例後方に記す。

2．見出し語
　見出し語となる各ことわざや慣用句はアルファベット順に並べる。

3．意味と解説
　見出し語とその訳に網かけを施し、行を改めて平易な解説を加えた。約1200例の短い慣用句をあつかう第Ⅱ章は見出し語と意味の確認にとどまるが、第Ⅰ章のことわざ類およそ370例にはその意味と解説の他に、作品中における登場箇所とそれを口にする人物、脚韻、同類あるいは関連のものへの言及がある。

3－1　作品中におけるその登場箇所
　解説の後の（　）内のローマ数字Ⅰは『ドン・キホーテ』前編、Ⅱは同後編とする。そのハイフン後ろの数字は章を指す。

3－2　作品中におけるその話し手
　作品には数百名ほどの数え切れない人物が登場するが、本書で拾うことわざを口にする人物については、P.17, 20, 55, 60, 73, 118, 120の7箇所で囲い記事（『ドン・キホーテ』のキャラクターたち）として若干触れる。

3－3　脚韻
　解説の中にある「同音韻」は語の発音上のアクセント（強勢）のある母音から後ろが子音も含めてすべて等しくなる押韻。そして「類音韻」はその母音部

分のみが等しい押韻である。

4．同類と参照

解説の後に紹介される「同類」は、同じ内容の別の表現のものであり、「参照」はいくらかニュアンスを異にするけれども知っておきたい言い回しである。なお両者はほとんど作品中に登場するものであるが、本書の見出し語としてなければ、一般的に知られるものとしての紹介である。

5．スペイン語の読み方
5－1　音節

発音上の基本単位となるスペイン語の音節は、私たちが日常用いている50音や濁音、半濁音、拗音、等にそっくりである。つまりその母音は日本語と同じ「aア、eエ、iイ、oオ、uウ」であり、異なるのはスペイン語の母音は単独で意味を持つ「語」（前置詞や接続詞）にもなりうるところ。読み方としてはほぼローマ字読みでよい。例えば ba be bi bo bu (= va ve vi vo vu)は「バ、ベ、ビ、ボ、ブ」と発音する。

ただし次の綴りを1呼気の音節とするものには注意：

ca que qui co cu　カ ケ キ コ ク
ce (= ze) ci (= zi)　スェ スィ または セ シ
cha che chi cho cyu　チャ チェ チィ チョ チュ
-d (語の最終にくるdはほとんど飲み込む)：
　　ciudad スィウダッ usted ウステッ
ga gue gui go gu　ガ ゲ ギ ゴ グ　　ge (= je) gi (= ji)　ヘ ヒ
güe güi　グェ グイ
ha he hi ho hu　ア エ イ オ ウ（hは無音となり、後ろの母音が有効）
ja je (= ge) ji (= gi) jo ju　ハ ヘ ヒ ホ フ（喉の奥から濁り気味の音がよい）
lla lle lli llo llu　リャ リェ リィ リョ リュ
　　または ジャ ジェ ジィ ジョ ジュ
ña ñe ñi ño ñu　ニャ ニェ ニィ ニョ ニュ
xa xe xi xo xu　クサ クセ クシ クソ クス
ya ye yi yo yu　ジャ ジェ ジィ ジョ ジュ
　　または イャ イェ イィ イョ イュ
za ze (= ce) zi (= ci) zo zu　スァ スエ スィ スォ スウ
　　または サ セ シ ソ ス

なお日本語の「ざ、ぜ、じ、ぞ、ず」に相当するスペイン語の音節は存在しない。

5-2 二重母音と二重子音

1）5個の母音のうち、a, e, oを強母音、i, uを弱母音というが、これらが強弱、弱強、弱弱と連続した場合は二重母音となり、一つの母音として扱う。強弱強と続いた場合も三重母音として同様の扱いとなる。（以下アンダーラインの音節は発音上のアクセントを有するものとする）

  aire <u>ai</u>-re アイレ　　piano <u>pia</u>-no ピアノ　　Paraguay pa-ra-<u>guay</u> パラグ<u>ア</u><u>イ</u>（yは発音上はiという母音であり、表記上はyという子音になる特殊文字）

2）lあるいはrの直前に別の子音があるときは二重子音となり一つの子音として扱う。

  drama <u>dra</u>-ma ドゥラマ　　pluma <u>plu</u>-ma プルマ

3）複文字ch, ll, rrは一つの子音扱い。

  chupete chu-<u>pe</u>-te チュペテ　　llave <u>lla</u>-ve ジャベ　　guitarra gui-<u>ta</u>-rra ギタラ

5-3 強勢（発音上のアクセント）の位置

1）アクセント符号が記されている語はその位置（音節）に強勢を置く。

  café ca-<u>fe</u> カフェ　　árbol <u>ar</u>-bol アルボル

  estación es-ta-<u>cion</u> エスタスィオン

2）アクセント符号が記されていない語の場合：

① 母音または–n, -sで終わる語は後ろから2音節目に強勢を置く。

  casa <u>ca</u>-sa カサ　　teatro te-<u>a</u>-tro テアトゥロ

  examen e-<u>xa</u>-men エクサメン

② –n, -s以外の子音で終わる語は最終音節に強勢を置く。

  Madrid ma-<u>drid</u> マドゥリッ　　papel pa-<u>pel</u> パペル

  comer co-<u>mer</u> コメル

5-4 強勢（発音上のアクセント）を持たない語

スペイン語の定冠詞（el, la, los, lasなど）、関係詞（quien, cuando, dondeなど）、所有形容詞（mi, tu, nuestro, susなど）、前置詞（para, por, en, deなど）、接続詞（y, o, niなど）、補語人称代名詞（me, te, lo, nos, osなど）、等々には強勢がなく、各音節をフラットに発音する。

5-5 音節の分け方

スペイン語の学習で最も大切なことは音節を知り尽くすこと、といっても過言ではない。その分け方はシンプルである。

1）母音間の子音は一つを後ろの母音につけ、残りがあれば前の母音につけ

る。ただし、先に述べた ch, ll, rr, 二重母音、三重母音、二重子音などを 1 音素とみなすことに注意。

mesa me-sa　　calle ca-lle　　mundo mun-do　　estudiante es-tu-dian-te
construcción cons-truc-cion

2）強母音の連続は音節を異にする。

oasis o-a-sis　　teatro te-a-tro　　aeropuerto a-e-ro-puer-to　　feo fe-o

3）本来弱母音の i の上にアクセント符号がある場合は強母音に等しくなり、2）に準じて後続の強母音との分立、「二重母音の分立」（hiato）を必至とする。

día di-a ディア　　país pa-is パイス　　bahía ba-hi-a バイア

第 I 章
ことわざ・格言

【A】

A buen salvo está el que repica
鐘つきは安全な場所にいる

　忠告・アドバイスは、その結果が直接自分に及ぶわけではないので好きなことが言える。〈高みの見物〉。　　　　　　　（Ⅱ-31 サンチョ）

[同類] En salvo está el que repica「鐘つきは安全な場所にいる」

A buen servicio, mal galardón
心こもる世話に悪しき報酬

忘恩どころか、恩人をひどい目にあわす。〈恩を仇で返す〉。

（Ⅱ-66 キホーテ）

[参照] La ingratitud es hija de la soberbia「忘恩は傲慢の産物」

A cada puerco le llega su San Martín
それぞれの豚にサン・マルティンの日がやって来る

　サン・マルティンは396年頃亡くなった聖徒であり、その祝日は11月11日。この祭りの頃は丁度豚の屠殺期に入るが、豚は飼い主に餌をもらい年中ごろごろと怠惰の日々を過ごした挙句、あたかも報いを受けるがごとくその日を迎える。この場合は日本の、〈坐して食えば山も空し〉にも相当する。徒食のつけは必ず回ってくるものである。また "cerdo"（豚）という語は転じて、「不潔な男、

悪徳の男」の意味でも用いられる。この場合には、悪徳で栄えた者には必ず裁かれる日が到来することを教えており、日本の〈栄枯盛衰〉、〈栄華あれば必ず憔悴あり〉、などを味わう覚悟も必要であろうか。誰しも辛苦をなめるときがある、等の意味合い。古くには "A cada puerco le viene su San Martín" と表現された。

『ドン・キホーテ』後編第62章には同類の "No hay plazo que no se cumpla ni deuda que no se pague"（訪れない満期はなく、支払われない借金もない）がある。　　　　　　　　　　　　　　（Ⅱ-62 キホーテ）

[同類] Su San Martín le llegará, como a cada puerco「どの豚にもあるように、あの人にもサン・マルティンの日が訪れる」

A dineros pagados, brazos quebrados
支払済みには腕組み

前払いの領収を済ました人は、ともするとその約束、契約を果たさないことがある。あまり確かでないことに先払いは禁物。"pagados" と "quebrados" に "-ados" の同音韻。　　　　　（Ⅱ-71 サンチョ）

A Dios rogando y con el mazo dando
槌を振るいつつ、神に祈る

フアン・デ・マル・ラーラ著の "Philosophia vulgar"（『大衆哲学』1568）に次のような二つの逸話が紹介されている。

――荷をどっさり積んだ荷馬車が道の途中で故障したとき、丁度そこを聖ベルナルドが通り掛った。馬方は、荷車を直してくれるよう神様に伝えてほしいと彼に頼んだ。聖人はそれに答えて、「よろしい、お願いしてみよう。その間お前は槌を振るいなさい（自分なりに出来るだけのことをしてみなさい）」と言った。

―― 仕事をいくつも抱えた彫刻家が、「神様にお任せする」と言って腕組みをしてしまったが、ある日父親に「神に祈り、槌を振るえ」と諭されて、ようやく「のみ」と槌を手にした。

明治早々日本に紹介された "Dios ayuda al que se ayuda"〈天は自ら助くる者を助く〉にも言われるとおり、神は努力する人に救いの手を差し伸べる。安易な人生や終始平坦な道がある筈はなく、目的達成のためにはこつこつ励みなさいと教える。

現在分詞形で同音韻 "-ando" を踏む "rogando"（祈りながら）と "dando"（打ち下ろしながら）に、行為の同時進行性を出している。日本の〈人事を尽くして天命を待つ〉に相応。　　　（Ⅱ-71 サンチョ）

Adonde se piensa que hay tocinos no hay estacas
塩豚がありそうなところに釘がない

釘がなくては塩豚を吊るすこともできない。実際が見た目と異なるのはよくあること。意外、期待外れ。　　　（Ⅱ-55 サンチョ）

参照　Donde hay estacas no hay tocinos「釘のあるところに塩豚がない」、Donde no hay tocinos no hay estacas「塩豚のないところに釘はない」、Muchos piensan que hay tocinos y no hay estacas「釘もないのに塩豚はあると思い勝ち」、No siempre hay tocinos donde hay estacas「釘のあるところに常に塩豚があるとは限らない」

A idos de mi casa y qué queréis con mi mujer, no hay responder
「俺の家から立ち去れ」と「俺の女房に何用だ」には返すことばがない

理にかなう常識的な指示や判断には従わざるを得ない。また、家庭における夫の権威を示す例えとしても用いられる。

(Ⅱ-43 サンチョ)

Al buen callar llaman Sancho
よく黙する者、そなたはサンチョ

　スペイン語名には、善きにつけ悪しきにつけ俗にいろいろと意味合いを持つものもある。例えば "Martín"（マルティン）は「堅固な、完全な」、"Beatriz"（ベアトゥリス）は「誠実な、美しい」、"Pedro"（ペドロ）は「抜け目のない、ずる賢い」、"Juan"（フアン）は「お人よしの、軽率な」、"Marina"（マリーナ）は「よこしまな、卑劣な」という具合である。そして "Sancho"（サンチョ）には「聖なる、健全な、善良な」という意味合いもあるが、ここでは「賢明な、洞察力のある、慎重な、分別のある、謙虚な」の意味で使われている。

　話は控えめに、と説く。〈知る者は言わず、言う者は知らず〉、〈沈黙は金〉、〈言わぬが花〉。　　　　　　　　　　(Ⅱ-43 サンチョ)

[同類] Nunca nos arrepentimos de lo que no decimos「言わずば後悔もなし」、La palabra es plata; el silencio es oro「ことばは銀、沈黙は金」

Al buen entendedor, pocas palabras
見識者にはふたことみこと

　悟りのいい人、理解力のある人にくどい説明は無用。〈一を聞いて十を知る〉、〈釈迦に説法〉。　　　　　　　　　(Ⅱ-37 サンチョ)

Al buen pagador no le duelen prendas
支払い上手に担保痛まず

　自分の力や可能性の限界をよく知る人は、決して無理な約束はせず確実に出来ることだけを受け負う。控えめな姿勢を大切にする。例えば借金などに関して重視すべきは、自分に可能な返済額と返済方法である。それさえ守ればどんな高価な物を担保にしてもそれを失うことはない。
　サンソン・カラスコはドン・キホーテを打ち負かすことへの期待に言及するため、サンチョは自分の役割義務遂行の意思表示にこれを口にする。
(Ⅱ-14 森の騎士、Ⅱ-30, 34, 59, 71 サンチョ)

Al enemigo que huye, hacerle la puente de plata
逃げる敵には銀の橋をかけよ

　逃げる敵に追い討ちをかけてはいけない、むしろ立派な橋をかけてやりなさい。争いを続けるよりは解放される方が賢明。

(Ⅱ-58 キホーテ)

Al estricote, aquí y allí barriendo las calles
通りをあっちこっち、がらくたみたいに引きずり回す

　ボールを弄ぶように、自らの体面を軽んじる人。自尊心、プライドに欠ける人。また、人をこき使う、うろたえさせる意味にも用いられる。
(Ⅱ-8 サンチョ)

Al freír de los huevos lo verá
卵を焼くときに分かりますよ

　無鉄砲な計画、あるいは不確かな事をさも実現したかのように言う人を叱る。結果はどうなるか分からない。喜ぶのは早過ぎる、という意味。スバルビ（J.M.Sbarbi）は "Gran diccionario de refranes"（『ことわざ大辞典』1943）の中で、その由来として次の逸話を紹介している。

　フェリペ4世（在位1621-1665）の時代、都に一人の抜け目のない男として知られる鍋釜商人がいた。それを知った悪戯者が彼をからかってやろうとその店へ行きフライ鍋を注文する。店主は底の壊れた1個を取り出して渡すが、それには気付かず客は代金（ただし偽硬貨）を支払った。鍋屋は確認もせずに小銭をしまう。しかし客がほくそ笑んだのを見て言った："Al freír será el reír"（笑うのは揚げてから）。すると客は "Al contar será el llorar"（泣くのは数えてから）と答えて店を出て行った。

（Ⅰ- 37 サンチョ）

Algo va de Pedro a Pedro
名前は同じペドロでも、めいめいどこか違う

　人は皆同じと判断してはいけない。さまざまである。

（Ⅰ- 47 サンチョ）

Al hijo de tu vecino, límpiale las narices y métele en tu casa
近所の息子の鼻を拭いてやり、自分の家に連れ込め

　結婚相手を選ぶには、経済的なバランスも考えよ。よく知らない

金持ちよりも、貧しくとも知り合いの方がまし。〈牛は牛連れ、馬は馬連れ〉。　　　　　　　　　　　　　　　　　　　　　　（Ⅱ-5 テレサ）

[同類] El que fuera de su aldea se va a casar, va a que lo engañen o a engañar「他所で結婚する者は騙されやすく、あるいは人を騙しやすい」、Cada oveja con su pareja「どの羊にも似合いの連れ」

Aliquando bonus dormitat Homerus
El buen Homero se distrae alguna vez ホメロスも時には注意散漫

自信過剰は禁物。慣れたことにも、それをし終えるまでは細心の注意が必要。〈猿も木から落ちる〉、〈弘法も筆の誤り〉。

（Ⅱ-3 キホーテ）

Allá se las hayan
あの人たちの好きなようにすればいい

物事に関与しない、あるいはそのことについて知らない振りをする。無関心を装う。　　　　　　　　　　　　　　　　　　　（Ⅰ-25 サンチョ）

[同類] Con su pan se lo coman「それぞれ自分のパンを食べればよい」

Allá van leyes do quieren reyes
王様の望むところ、法これに従う

1085年にトレドを征した暴君アルフォンソ6世（1065-1109）が、ローマ法王グレゴリオ7世の請願と妻の信仰を容認し、ゴチック様式を排斥してごり押しにローマ様式を取り入れたことに由来するとされているが、実際には当時一般に知られるようになったとい

うことであり、それ以前に存在していたようである。

いくつかある逸話の内、コレアス（Gonzalo Correas）の "Vocabulario de Refranes"（『ことわざ用法辞典』、17世紀初期）にあるものを要約すると次のようになる。

女王（多分二番目の妻ドーニャ・コンスタンサ。最初の妻はドーニャ・イネス）が、聖イシドゥロのモスアラベ様式をやめてスペインでもフランスのようにローマ風のお祈りを用いてほしいと頼んだ。僧侶団がそれに反対し、騎士の決闘で決めることになった。モスアラベ側の騎士が勝った。ところが女王は強情を張り、火の中にそれぞれのミサ用の祈祷書を焼べて再度決着をつけろと主張した。2冊が投げ込まれたが、ローマ風のものは打ち負かされたかのように外へ飛び出してしまった。一方モスアラベの一冊は焦げもせず、火を払いのけるかのようにその中央にあった。はっきり結論が出たにもかかわらず、王一族は人々の不快をよそに、執拗にモスアラベ様式の撤廃を命じた。

日本の〈朕が法なり〉、〈無理が通れば道理引っ込む〉といったところ。なお "do" は中世スペイン語であり、現代の関係副詞 "donde"、"adonde" に相当する。"leyes" と "reyes" に "-eyes" の同音韻。

（Ⅰ-45 床屋、Ⅱ-37 ドニャ・ロドリーゲス）

Allá van reyes do quieren leyes
法の望むところへ王は出向く

法には王も従う。"do" は中世スペイン語であり、現代の関係副詞 "donde"、"adonde" に相当する。"reyes" と "leyes" に "-eyes" の同音韻。

（Ⅱ-5 テレサ）

Amigo Platón, pero más amiga la verdad
プラトンはわが友、そして誠実はさらに良き友

礼儀、情愛には誠実さを最優先せよと説く。　　　　　　（Ⅱ- 51 キホーテ）

Andar buscando tres pies al gato
三本足の猫を探し回る

シンプルで明白なことをわざわざ難しくしてしまう。
（Ⅰ- 22 護送隊長、Ⅱ- 10 サンチョ）

[同類] Buscar tres pies al gato「三本足の猫を探す」

Andar coche acá cinchado
ここに腹帯をつけた豚がいる

まるで豚のような扱いを受ける。軽蔑、軽視される。見くびられる。
（Ⅱ- 8 サンチョ）

Andar de ceca en meca y de zoca en colodra
メスキータからメッカへ、そして広場から居酒屋へ

あちこち駆け回る（= ir de un lado para otro または ir de acá para allá）。"Ceca" はコルドバのメスキータ、"Meca" はサウジアラビア西部の都市、イスラム教の聖地。前半の "seca" と "meca" に "-eca" の同音韻、後半の "zoca" と "colodra" に "-o-a" の類音韻がある。（Ⅰ- 18 サンチョ）

Ándome yo caliente y ríanse la gente
私はぬくぬくと暮らす、人は笑うがいい

ゴンゴラ（Luis de Góngora、1561 - 1627）の同じ題名を持つ詩に由来しているとする見方も多いが、それより以前、エルナン・ヌニェス（Hernán Núñez）の "Refranes glosados"（『注釈ことわざ集』1541）や "Refranero"（『ことわざ集』1555）に既に見られる。

利己主義でないまでも、かなりの個人主義。世間体を気にせず自分が満足のいくようにしよう。他人の意見に無頓着な態度。"caliente" と "gente" に "-ente" の同音韻がある。　　（Ⅱ - 50 サンチーカ）

Antes se toma el pulso al haber que al saber
知識よりも財産の脈を先にとる

退廃的な世代にのみ受け入れられそうな考え方。（Ⅱ - 20 サンチョ）
[同類] Tanto tienes, tanto vales「君の懐具合が、君の値打ち」「人の値打ちは金次第」

A otro perro con ese hueso
そんな骨は別の犬に回してくれ

容認できない提案や言明を拒絶するたとえ。　　　　（Ⅰ - 32 宿の亭主）

A pecado nuevo, penitencia nueva
新たな罪に、新たな償い

新たな問題が生じるたびに新たな解決策を探さなくてはならない。実は以前にもあったのに忘れてしまっている、ということもある。

(Ⅰ-30 キホーテ)

A perros viejos no hay tus, tus
おいでおいでは老犬に効かぬ

経験豊かな人を騙すのは難しい。〈その手は桑名の焼蛤〉。

(Ⅱ-69 サンチョ)

Aquel que dice injurias, cerca está de perdonar
あれほどの悪口雑言、赦すのはもうすぐ

極端に逆の状態にたやすく変わる心・気持ちの一面。公爵はこれを用いて、アルティシドーラがサンチョに向けた言葉を弁護し、同時に納得させようとする。

(Ⅱ-70 公爵)

A quien cuece y amasa, no le huertes hogaza
パンを焼いたりこねたりする人からパンを盗るべからず

つつましく働き生計を立てる人から奪ってはいけない。〈鷹は死しても穂をつまず〉。また、経験者を騙すことは困難という意味でも用いられる。この場合は "A perro viejo no hay tus, tus"（おいでおいでは老犬に効かぬ）と同類。しかしサンチョは、仕事で得た自分の給金は惜しまず行政に活かすという別の意味で用いている。"amasa" と "hogaza" に "-a-a" の類音韻。

(Ⅱ-33 サンチョ)

A quien Dios quiere bien la casa le sabe
神を愛する者の家を、神はご存知

　今ある家族の幸せは神のご慈悲のお陰。幸運な人は何事も簡単に手に入れる。サンチョはこれを、自らの島の統治の成功を予言するために使っている。
(Ⅱ-43 サンチョ)

A quien Dios se la dé, San Pedro se la bendiga
神のご加護ある者に、聖ペドロの祝福あれ

　与えられた仕事には不平をはさまず、最善を尽くして当たれ。
(Ⅰ-45、Ⅱ-64 キホーテ)

[同類] Pues Dios se la da, San Pedro se la bendiga「神がお与えになったのだから、聖ペドロも祝福してくれよう」

A quien se humilla, Dios le ensalza
謙虚なる者を神は称える

　真福八端（キリストが山上の垂訓の中で説いた幸福）の一つ。謙虚さを称賛し、高慢さを叱る。
(Ⅰ-11 キホーテ)

Aquí fue Troya
ここがトロイヤだったのだ！

　切迫した不幸、不運、災難、大惨事などに当てる。
(Ⅱ-66 キホーテ)

Aquí morirá Sansón y cuántos con él son
サンソンも仲間もろとも死ぬがよい

耐えられないほどの苦痛を表現するものであるが、サンチョはこれを、己の体を鞭打つふりをする見せかけに使う。（Ⅱ-71 サンチョ）

Arrojar la soga tras el caldero
井戸に釣瓶を落としたうえ、綱を投げ込む

損の上に損を重ねる。すべてを失うだけ。ドン・キホーテはこれを、ドゥルシネーアの館が見つからず苛立つサンチョの気持ちを静めるために使う。　　　　　　　　　　　　　　　　　　（Ⅱ-9 キホーテ）

参照 No arrojemos la soga tras el caldero「鍋を捨てたうえに、綱まで捨てるな」

Así mata la alegría súbita como el dolor grande
大きな苦痛同様、不意の喜びによっても人は死ぬ

ショック死でもしそうなくらいの、突然訪れた喜び。

（Ⅱ-52 テレサ）

Así se me vuelvan las pulgas de la cama
おいらのベッドの蚤がこうなってくれたらなあ

ものごとの良さ、素晴らしさを示す大げさな表現。サンチョはこれを、ミコミコーナ姫を称える例として使っている。

(Ⅰ-30 サンチョ)

Asno eres y asno has de ser y en asno has de parar
お前は驢馬、驢馬に相違ない、果てるまで驢馬

人は変わらないもの、特に欠点は直らないもの。ドン・キホーテは激怒した折にこれをサンチョに向ける。〈三つ子の魂百まで〉。

(Ⅱ-28 キホーテ)

Aun ahí sería el diablo
そんなことになっては一巻の終わり

不幸は避けられないものだとする悲観的な表現。あろうはずがない。まさか、とんでもない（= ¡Estaría bueno!）。サンチョは自分の驢馬にふりかかる災難を心配してこれを使う。　　　　(Ⅰ-15 サンチョ)

Aún hay sol en las bardas
陽はまだ土塀の上にある

ものごと最後まであきらめてはいけない。まだ何とかする時間はある。"las bardas" の部分に "los tejados"（屋根）を用いても同じ。ドン・キホーテはサンチョが自ら島の領主となる期待を抱くように、これを使う。

(Ⅱ-3 キホーテ)

Aún la cola falta por desollar
皮を剥ぎ終えるには、まだ尻尾が残っている

一見解決していそうで、まだ一番やっかいな問題が残っている。

(Ⅱ-2 サンチョ)

[同類] Queda el robo por desollar「まだ尻尾の皮がむけていない」

Aunque las calzo, no las ensucio
ズボンは履くが、汚しはしない

自分勝手な、気まぐれな行為が特に害を及ぼすことはないと言い繕うことわざ。戻したりすることのないように控えめな食事、節度ある飲み方を。〈腹八分〉。

(Ⅱ-33 サンチョ)

[同類] Come poco y cena más poco que la salud de todo el cuerpo se cuece en la oficina del estómago「昼食は冷え目に、夕食はさらに控え目に。全身の健康は胃袋が管理」

Aunque la traición aplace, el traidor se aborrece
裏切りは喜ばれても、裏切り者は嫌われる

章のほとんどを割いて語られる「捕虜」の身の上話の中で、トルコ艦隊の提督がアラブ人たちに科した刑の描写に用いられる。

(Ⅰ-39 捕虜)

Aventurarlo todo a la de un golpe solo
その一撃に勝負のすべてを賭ける

その行為、企てにすべてを賭ける。ドン・キホーテがビスカヤ人めがけて突撃するときの決意と意気込み。　　　　　　　　（Ⅰ-8 状況描写）

『ドン・キホーテ』のキャラクターたち

[1] **サンチョ・パンサ Sancho Panza**：小説の主人公ドン・キホーテに仕える小太りの従者。10歳代半ばの二人の子供を持つ中年農夫。自らを「騎士ドン・キホーテ」と名乗る近所の郷士アロンソ・キハーノに「島の領主にしてやる」と口説かれ、その遍歴の旅に同行する。狂気の冒険の失敗を繰り返す主人の弁明の聞き役である常識人から、後編ではむしろ冒険を率先する。功利主義的人物にみえるが、もとの日常生活に戻っても主人ドン・キホーテの高潔な精神性を継承する。作品中のことわざのほぼ60％を口にする本辞典の主役。

[2] **テレサ Teresa**：サンチョ・パンサの妻。当時の農家の主婦の典型。同一人物がファナ・グティエレス、マリ・グティエレス、ファナ・パンサ、テレサ・パンサ、テレサ・カスカホ、等々の名で登場すれば、そのフルネーム（ファーストネーム＋セカンドネーム＋父方苗字＋母方苗字＋夫の父方苗字）を探ってみたくもなる。実利主義的な女性だが、時には夫サンチョの夢物語に乗せられ、上流階級に属したいと思ったりする。

[3] **愁い顔の騎士 Caballero de la Triste Figura**：サンチョが、戦闘で歯を失い、あるいは空腹で意気消沈しているように見える主人ドン・キホーテにつけたあだ名。

【B】

Bailar el agua delante
水を差し出しながら踊る

細心の注意を払って上手く仕える人。おべっか使い・へつらう人にも当てる。
(Ⅱ‐4 サンチョ)

Bien predica quien bien vive
よい暮らしの人がよい説教をする

と同時に、よい暮らしの人は飢えが犯す罪を理解しない、という解釈も可。〈金持ち喧嘩せず〉、〈貧すれば鈍する〉。 (Ⅱ‐20 サンチョ)

Bien se está San Pedro en Roma
聖ペトロはローマが似合う

転居、転勤など何らかの移動を打診された人がそれを断る場合、あるいはそのままにして動かさない（変えない）ほうがよい、という場合などに用いる。今のままで結構。 (Ⅱ‐41, 53, 59 サンチョ)

Bien vengas mal si vienes solo
禍よ、単独で来るなら歓迎もしよう

とかく災難や不幸はつぎつぎと連鎖的に訪れることが多い。知られるところではヨブ（Job：聖書で、ヘブライの族長。忍苦堅忍の人）の例がある。彼ほどの忍耐力を望むのは無理としても、つとめて平静を保つ姿勢は学びたいものである。〈一難去って又一難〉、〈泣き面に蜂〉、〈虎口を逃れて竜穴に入る〉、〈弱り目に祟り目〉。（Ⅱ - 55 サンチョ）

参照 Un mal llama a otro「不幸が不幸を呼ぶ」

Buenas son mangas después de Pascua
素晴らしい贈り物は復活祭の後

嬉しい出来事はどんなに遅れてきても喜ばれる。（Ⅰ - 31 キホーテ）

Buen corazón quebranta mala ventura
気力が逆境を打ち破る

苦難に負けてはいけない。それを乗り越える不屈の精神が肝要。〈精神一到何事か成らざらん〉。冒頭に不定冠詞 "Un" があっても同じ。
（Ⅱ - 10 サンチョ）

Buscar a Marica por Rávena
ラベナでマリーカを探す

トボーソでドゥルシネーア本人を探し出すのは、同名の女性も多く、サラマンカで学士を探す（"Buscar al Bachiller en Salamanca"）ようなもの。あるいは干し草・干し藁置き場で針を探すようなもので、見つけ出すのは不可能。無駄骨、徒労に終わる。〈骨折損の草臥儲け〉。
（Ⅱ - 10 サンチョ）

Buscar al Bachiller en Salamanca
サラマンカで学士を探す

無駄骨、徒労に終わる。〈骨折損の草臥儲け〉。　　（Ⅱ-10 サンチョ）

[同類] Buscar a Marica por Rávena「ラベナでマリーカを探す」

Buscar tres pies al gato
三本足の猫を探す

わざわざことを難しくしてしまう。　　　　　　　（Ⅱ-10 サンチョ）

[同類] Andar buscando tres pies al gato「三本足の猫を探し回る」

『ドン・キホーテ』のキャラクターたち

④ **ドン・キホーテ Don Quijote**：セルバンテス著『機知に富んだ郷士ドン・キホーテ・デ・ラ・マンチャ』の主人公。本名はアロンソ・キハーノというスペイン中部ラ・マンチャ地方の50歳くらいの痩せた長身の郷士。騎士道物語を読みすぎて頭がおかしくなり、自ら世直しの騎士「ラ・マンチャの男、ドン・キホーテ」と名乗り、痩せ馬「ロシナンテ」に跨り、サンチョ・パンサを従えて遍歴の旅に出る。勝手に自分の思い姫と決める近隣の田舎娘はトボーソ村の「ドゥルシネーア」。前編では旅籠を「城」、風車を「巨人」と錯覚するなど滑稽な行動に挑み惨敗する。後編でも「森の騎士」との決闘、モンテシーノスの洞窟の冒険、その他、さまざまな出来事に遭遇するが、終盤では「銀月の騎士」との決闘に敗れ、騎士をやめて帰郷させられる。病に倒れてから正気を取り戻した善人アロンソ・キハーノは、これまでの奇行を反省しながら立派なキリスト教徒として昇天する。

【C】

Cada cosa engendra a su semejante
似れば似るもの

　悪いことからよいことが生まれるとは期待できないし、その逆もまた然り。〈蟹は甲羅に似せて穴を掘る〉、〈瓜二つ〉。　　（Ⅰ-序文）
参照　Un diablo parece a otro「悪魔と悪魔はそっくり」

Cada oveja con su pareja
どの羊にも似合いの連れ

　それぞれ分相応の境遇で我慢すべきであり、高望みしても始まらない。〈牛は牛連れ馬は馬連れ〉、〈割れ鍋にとじ蓋〉、〈似た者夫婦〉。"oveja" と "pareja" に "-eja" の同音韻。　　（Ⅱ-19, 53 サンチョ）
同類　Al hijo de tu vecino, límpiale las narices y métele en tu casa「近所の息子の鼻を拭いてやり、自分の家に連れ込め」

Cada puta hile, y comamos
女郎に働かせて、わしらは飯にしましょう

　めいめい自分のことに励みなさい。他人はそれなりに身を処すればよい。　　　　　　　　　　　　　　　　　　　　（Ⅰ-46 サンチョ）

Cada uno es artífice de su ventura
各自が自身の運命の織り手

「運がなかった」などとは言うまい。幸運は勤勉な努力の産物。

(Ⅱ-66 キホーテ)

Cada uno es como Dios le hizo y aun peor muchas veces
誰しも神がお造りになったままの人間でしかないが、それ以下のこともよくある

誰しも見た通りの人であるが、時には人が変わったようになることがある。

(Ⅰ-46 サンチョ)

Cada uno es hijo de sus obras
人それぞれおのれの所業の所産

人の価値は社会的な地位や家柄によるものではなく、その人の生き方にある。

(Ⅰ-47 サンチョ)

Cada uno meta la mano en su pecho
めいめい自分の胸に手をおきなさい

他人のことをとやかく言う前に、わが身を振り返ってみなさい。〈燈台下暗し〉。

(Ⅱ-4 サンチョ)

Cada uno se dé una vuelta a la redonda
自分の周りに眼を配れ

それぞれ自分のことを気に留めなさい、自分のことに携わりなさい。

(Ⅰ-22 漕刑囚)

Castígame mi madre, y yo trompójelas
母がお仕置きしても、私はラッパを吹き鳴らす

受けた罰にも懲りず同じあやまち、罪を犯す人。

(Ⅱ-43, 67 キホーテ)

Ciego es el que no ve por tela de cedazo
漁網の網目を通して見えない人はよほどの盲人

節穴同然の目の人。つまり物を見るに疎く、物事を十分に理解できない人。

(Ⅱ-1 キホーテ)

Ciertos son los toros
これで準備も整った

しかし危険が伴うのは確かであり、軽くみてはいけない。

(Ⅰ-35 サンチョ)

Coger las de Villadiego
脱兎のごとく逃げ出す

雲隠れする。鞍袋の生産地で有名であった村の名に由来する。訳も言わず黙って立ち去ること。〈尻に帆かける〉、〈雲を霞〉。

(Ⅰ-21 サンチョ)

[同類] Se despidió a la francesa「フランス風に去ってしまった」

Come poco y cena más poco que la salud de todo el cuerpo se cuece en la oficina del estómago
昼食は控えめに、夕食はさらに控えめに。全身の健康は胃袋が管理

健康維持には少なめの食事、特に夕食は控えめにと説く。〈腹も身のうち〉。

(Ⅱ-43 キホーテ)

[参照] Aunque las calzo, no las ensucio「ズボンは履くが、汚しはしない」

Como a cada hijo de vecino
皆のように

誰にでもあるように。人並みに。

(Ⅰ-37 サンチョ)

Como anillo al dedo
指に指輪のごとく

職務を十分に果たすに丁度よく、折よく、ふさわしいような事柄。ピッタシカンカン。

(Ⅱ-67 キホーテ)

[同類] Venir como anillo al dedo「指輪が指にすっぽりはまる」

Con la iglesia hemos dado, Sancho
教会にぶち当たってしまったようだ、サンチョ

カトリック教会の力に逆らっても無駄。しかし作品中では単に、トボーソで夜間にドゥルシネーアの家を探していたドン・キホーテとサンチョが教会にでくわした、という事実のみを指している。

(Ⅱ-9 キホーテ)

Con su pan se lo coman
おのれのパンを自ら食らえ

他人の行為や決意のほどを無関心な冷淡な目で見ること。そんなことはすべてその人の責任、私の知ったことではない。〈自業自得〉。

(Ⅱ-序文)

[同類] Allá se las hayan「あの人たちの責任で始末をつければよい」

Cosa pasada es cosa juzgada
すでに起きたこと、これすなわち既成の事実

結果はどうあれ、一件落着。"pasada" と "juzgada" に "-ada" の同音韻。

(Ⅰ-30 キホーテ)

Criar la sierpe en el seno
懐中に蛇を育てる

骨を折って面倒をみても挙句に痛い目にあう。〈恩を仇で返す〉、〈飼い犬に手を噛まれる〉。　　　　　　　　　　　　　　　　　（Ⅱ-58）

[同類] Cría cuervos y te sacarán los ojos「烏を育ててごらん、両目をくりぬかれるから」、No es bien criar sierpes en el seno「懐中に蛇を育てるのはまずい」

Cual el tiempo, tal el tiento
時にふさわしい対応

〈臨機応変〉。"tiem-o" と "tien-o" に類音韻がある。後編第50章でテレサが使う "Tal el tiempo, tal el tiento" に等しい。　（Ⅱ-55 サンチョ）

Cuando a Roma fueres, haz como vieres
ローマに行きては、見たままに真似よ

ラテン語の詩に由来すると言われる。現在は "Cuando"（～した時）の部分に "Si"（もし～なら）が用いられたり、前半部分に "A donde fueres"（行った所では）という表現も一般的。

風俗習慣は土地によって異なるが、その土地に入ったらそこの風習に順応すべきであると教える。日本の〈郷に入りては郷に従う〉に等しい。なお、"fueres" と "vieres" に "-eres" の同音韻がある。

（Ⅱ-54 サンチョ）

Cuando Dios amanece, para todos amanece
神は万人のために現る

　神の祝福の普遍性を説く。また、幸福な出来事は他の人にも知らせて喜びを分かち合うべき、とも言える。"amanece" の反芻に同音韻。
(Ⅱ-49 サンチョ)

Cuando la cabeza duele, todos los miembros duelen
頭痛めば五体も痛し

　個人の肉体的症状もさることながら、比喩的に組織・国家にも当てる。ドン・キホーテは「主人が苦しめば従者も苦しい」と、サンチョに説く。"duele" と "duelen" に "-uele-" の類音韻。(Ⅱ-2 キホーテ)

Cuando la cólera sale de madre, no tiene la lengua padre
母の激怒には父もことば無し

　怒りがいったん堰を切ると、とても他人に制御できるものではない。"madre" と "padre" に "-adre" の同音韻。
(Ⅱ-27 キホーテ)

Cuando te dieren la vaquilla, corre con la soguilla
子牛を貰えるときは手綱持参で駆けつけよ

　貰える物はたとえ僅かでもあり難く頂け。また、〈好機逸すべからず〉の意味にも使われる。"vaquilla" と "soguilla" に "-uilla" の同音韻。
(Ⅱ-4,41,62 サンチョ、Ⅱ-50 テレサ)

[同類] Cuando viene el bien, mételo en tu casa「福来れば、家に取り込め」

Cuando viene el bien, mételo en tu casa
福来たれば，家に取り込め

折角のチャンス、〈好機逸すべからず〉。　　　　　　　　　（Ⅱ-4 サンチョ）

[同類] Cuando te dieren la vaquilla, corre con la soguilla「子牛を貰えるときは手綱持参で駆けつけよ」

Cuidados ajenos matan al asno
他人の心配をしてロバを死なす

他人への余計なお節介をしているうちに、自分の大切なものを台無しにする。　　　　　　　　　（Ⅱ-13 森の騎士）

[同類] La caridad bien entendida empieza por uno mismo「他人より自分」

Cura más que el bálsamo de Fierabrás
フィエラブラスの霊薬よりも効く

庶民に評判のなんでも治してしまう薬、軟膏。万能薬、万病薬。
　　　　　　　　　　　　　　　　　　　　　（Ⅰ-10 キホーテ）

《D》

Dádivas quebrantan peñas
贈り物は岩をも砕く

　精神的であれ物質的であれ、他人からの誠意を受けて快よく思わない人はいない。極端に言えば、こび、へつらいと分かっていてもお世辞を言われて悪い気はしない。"Se cogen más moscas con miel que con hiel"（より多く蠅を捕るには、胆汁よりも蜂蜜で）という諺もある。他人に何かを依頼するとき、手ぶらで訪ねるよりは手土産の一つも携えた方が効果的である。場合によっては友人の口添えだけでも十分。〈地獄の沙汰も金次第〉。　　　　　　　　　　　（Ⅱ-35 サンチョ）

Dar al diablo el hato y garabato
悪魔に身の回り品包みと手鉤を渡す

　悪魔に身を任すようなもの。すべてをあきらめる。自暴自棄に生きる。無用心な振る舞い。"hato" と "garabato" に "-ato" の同音韻。

（Ⅰ-18 サンチョ）

[同類] Echarlo todo por la borda「舷からすべてを捨てる」

Dar coces contra el aguijón
尖った金具を蹴飛ばす

　無駄な抵抗をする。かなわぬ人に盾突く。不可能なことを為そう

とやっきになる。徒労に終わるばかりか、むきになればなるほど受ける害は大きくなる。〈天に唾す〉。　　　　　　　　　　（Ⅰ-20 サンチョ）

Dar el ánima a quien quisiere llevarla
魂を、誰であろうとさらっていきたい奴にくれてやる

危険な状況下での絶望感。サンチョはこれを、毛織物の縮絨機との出来事のところで使う。　　　　　　　　　　　（Ⅰ-20 サンチョ）

Dar en Peralvillo
ペラルビーリョにしょっ引いていく

死ぬことになる。Peralvillo は Ciudad Real（シウダーレアル）の近くにあった聖同胞会の処刑場。　　　　　　　　　　（Ⅱ-41 サンチョ）

Dar tiempo al tiempo
機が熟すのを待つ

事をなすには最もふさわしいタイミングを選び、待たなければならない。　　　　　　　　　　　　　　　（Ⅰ-34 レオネーラ、Ⅱ-71 キホーテ）

Dar un puño en el cielo
拳固で空を殴りつける

不可能なことを実行する。サンチョは自分の拳固で空を殴りつけることが出来ると同じくらい、ドゥルシネーアのことをよく知っ

ている、と言う。つまり、どちらも不可能。彼の可能性を超えている。

（Ⅱ-9 サンチョ）

Debajo de mala capa suele haber un buen bebedor
粗末な合羽の下に立派な酒飲み

無知・無学そうな外見に隠された思慮分別、落ち着き。〈能ある鷹は爪をかくす〉。

（Ⅱ-33 公爵夫人）

Debajo de mi manto, al Rey mato
己がマントのうち、王をも殺す

考えるだけなら、王でも殺せる。また、たとえ王であろうとも私たちの考えを束縛することはできない。個人の領域は誰にも侵せない。自由という特性。"manto" と "mato" に "-a-o" の類音韻。

（Ⅰ-序文）

De hoz y coz
無分別に、無鉄砲に

ドン・キホーテは自分がやみくもにアグラマンテの野の争いに突入してしまったと考える。"hoz" と "coz" に "-oz" の同音韻。

（Ⅰ-45 サンチョ）

De la abundancia del corazón habla la lengua
口は心にあふれるものを語る

　心の底に思っていることが、つい口から出るものである。イエス・キリストの言葉に由来する格言。『マタイ伝』第12章、および『ルカ伝』第6章には、「善い人はその心のよい倉からよいものを出し、悪い人は悪い心の倉から悪いものを出す」、という主旨のことが語られている。

　思うところを言わず、不満がたまれば正に日本の〈言わねば腹張る〉、〈物言わねば腹脹るる」となる。　　　　　　（Ⅱ‐12 キホーテ）

同類　No dice más la lengua que lo que siente el corazón「口は心に思うこと以外は語らない」

Del dicho al hecho hay gran trecho
言った事と行った事に大きな隔たりがある

　口は重宝なものでどんな事でも言えるが、それを実行することは必ずしも容易ではない。

　言った事と行った事が大違いということにならぬよう、あまり〈大風呂敷を広げる〉ことは慎むべきであろう。"hecho" と "trecho" に "-echo" の同音韻が踏まれ、全体としても、"dicho, hecho, trecho" にある "-cho" という同一音の連続が軽快なリズムを生んでいる。日本の〈言うは易く行なうは難し〉、といったところであるが、〈不言実行〉とは対照的。　　　　　　　　　　（Ⅱ‐34 公爵，64 サンチョ）

同類　Decir y hacer son dos cosas distintas「言うと行うは別のこと」

Del hombre arraigado, no te verás vengado
資産家相手に遺恨は晴らせぬ

権力や金がものを言う。"arraigado" と "vengado" に "-ado" の同音韻。

(Ⅱ - 43 サンチョ)

De los desgraciados está lleno el infierno
地獄は恩知らずでいっぱい

世の中に恩知らずは多いが、いずれ罰が当たることも確か。

(Ⅱ - 58 キホーテ)

De los enemigos, los menos
敵は少なきをよしとする

およそ敵と名のつくものは無いに越した事はない。

(Ⅱ - 14 キホーテ)

De los hombres se hacen los obispos
司教ももとをただせば人間

数々の偉業は人間によって成された。サンチョはこれを用いて、自分が島の領主になろうとする願望は正当であると訴える。

(Ⅱ - 33 サンチョ)

Del pie que cojea
痛めた足のこと

人の弱点や悪癖を知ること。　　　　　　　　　　　　　　　（Ⅰ-5 家政婦）

参照　Saber dónde aprieta el zapato「靴のどこが窮屈かを知っている」

De menos me hizo Dios
神さまの思し召しで

望んでいたことが叶わなかった時などの慰めのことば。サンチョは自分が島の領主になれなかったら、それも神の思し召し、と言及する。

（Ⅱ-33 サンチョ）

De mis viñas vengo; no sé nada
自分のぶどう畑から来たので、私は何も知らない

自分のやるべきことに専念する人は、他人のことをあまり気に留めない。

（Ⅰ-25 サンチョ）

De noche todos los gatos son pardos
夜にはどの猫も豹

暗闇はものごとをぼかしてしまう、破廉恥な行為も隠してしまう。これを、暗闇が欠点を隠すと理解すれば、〈夜目遠目笠の内〉ともなる。また、比喩的に夜を人の死に例え、死んでしまえば個人の尊厳も社会的評価も消えてしまい皆同じ、とする解釈もあるよう

であるが、それではあまりにも寂しい。　　　　　　　　　　（Ⅱ-33 サンチョ）

De paja y heno ...
藁でも干し草でも…

食べられさえすれば、食材の良し悪しは問うまい。有る物でよしとすべき。" De paja y heno, el vientre lleno"（藁でも干し草でも腹はふくれる）を略したもの。　　　　　　　　　　　　（Ⅱ-3 キホーテ，33 サンチョ）

De poco peso y menos tomo
吹けば飛ぶような安物

作品中では、村に帰ってきた兵士ビセンテ・デ・ラ・ローカの服装や装身具の描写に当てている。　　　　　　　　　　（Ⅰ-51 エウヘニオ）

De sabios es guardarse hoy para mañana y no aventurarlo todo en un día
明日に備えて今日は自重し、一日の内にすべてを片付けようとしないのが賢者のやり方

何らかの事業に危険を冒す前に、慎重に自分の能力を見つめなおしてみよう。失敗を避けることは思慮分別でこそあれ、決して臆病ではない。〈急いては事を仕損ずる〉。　　　　　　　（Ⅰ-23 サンチョ）

Desnudo nací, desnudo me hallo; ni pierdo ni gano
裸で生まれた私は今も裸。失ったものも得たものもない

サンチョ・パンサが統治したバラタリア島の領主職を退く折の台詞。その職から得たものは何もなかった。持っているもので満足する。〈少欲知足〉。

(Ⅰ- 25、Ⅱ- 8, 53, 55, 57 サンチョ)

Detrás de la cruz está el diablo
十字架の後ろに悪魔が潜む

立派な外見の裏に隠されている邪心に注意。前編第6章で住職が用いる "Tras la curuz está el diablo" に同じ。〈外面如菩薩、内面如夜叉〉。

(Ⅱ- 33 サンチョ, 47 給仕頭)

De vovis vovis
やすやすと

たやすく。探すことも待つこともなく。サンチョが主人の手に「転がり込んでくる」かも知れない王国の話をする。(= a lo bobo)

(Ⅰ- 30 サンチョ)

Dijo la sartén a la caldera : quítate allá ojinegra
フライパンが釜に言った：尻の黒いの、あっちへ行け

はたから見ればどっちもどっちであるが、自分の欠点にはまるで気付かず、他人の至らぬ点や間違いを指摘する人、あるいは自分の

こともきちんと出来ないくせに、また頼まれもしないのに他人の世話をやいたり忠告をしたりする人がある。先ずは自分の問題を片付けるべきであろう。"caldera" と "ojinegra" に "-e-a" の類音韻。日本の〈目糞鼻糞を笑う〉、〈医者の不養生〉、〈紺屋の白袴〉などに広く類似する。　　　　　　　　　　　　　　　　　　　　（Ⅱ - 67 サンチョ）

[同類] Dijo el asno al mulo : Anda para allá, orejudo「ロバがラバに言った：耳のでかいの、あっちへ行け」、Consejos vendo, para mi no tengo「アドバイス、人に売りても自分には無し」、Veis la paja en el ojo ajeno y no veis la viga en el vuestro「他人の目にある藁くずを見て、自分の目にある梁に気をとめない」

Dime con quién andas, decirte he quién eres
誰と付き合っているのか言ってごらん。お前が誰かを言ってあげるから

日本の〈類は友を呼ぶ〉、〈類を以って集まる〉、〈朱に交われば赤くなる〉、などに共通。　　　　　　　　　　　（Ⅱ - 10, 23 サンチョ）

[同類] Vete con los buenos, y te harás uno de ellos「良い人たちと付き合いなさい。そうすれば君もそんな一人になれるでしょう」

Dios está en el cielo que juzga los corazones
神が天にいて人の心を裁いてくれる

神の最終審判に任せる。　　　　　　　　　　　　　（Ⅱ - 33 サンチョ）

Dios lo oiga y el pecado sea sordo
神がお聞きになり、悪魔は耳をふさげ

私たちの願いを叶えて下さるのは神であり、悪魔はそこに介入して邪魔をするな。

(Ⅱ- 58, 65 サンチョ)

Dios que da la llaga, da la medicina
神は潰瘍もくださるが、薬もくださる

病気や災難にも打つ手はある。くじけてはいけない。

(Ⅱ- 19 サンチョ)

Dios sabe lo mejor y lo que está bien a cada uno
神は、私たちそれぞれに最良のこと・ふさわしいことをご存知

望むことと逆の事態に陥ろうとも、屈してはいけない。道はある。

(Ⅱ- 55 サンチョ)

Dios sufre a los malos pero no para siempre
神は悪人どもを我慢なさるが、いつまでもというわけではない

我慢にも程がある。〈仏の顔も三度〉。

(Ⅱ- 40 キホーテ)

Donde hay estacas no hay tocinos
釘のあるところに塩豚がない

せっかく釘はあるのにそこに吊るす塩豚がない。あるべき所にあるべきものがない。期待外れ、見当違い、見かけ倒し。

(Ⅱ- 73 サンチョ)

参照 Adonde se piensa que hay tocinos no hay estacas「塩豚がありそうなところに釘がない」、Donde no hay tocinos no hay estacas「塩豚のないところに釘はない」、Muchos piensan que hay tocinos y no hay estacas「釘もないのに塩豚はあると思い勝ち」、No siempre hay tocinos donde hay estacas「釘のあるところに常に塩豚があるとは限らぬ」

Donde intervienen dueñas, no pueden suceder cosas buenas
老女が介入するとろくなことがない

うわさ好きな、陰口屋の女性を非難する。"dueñas" と "buenas" に "-ue-a" の類音韻。　　　　　　　　　　　　　（Ⅱ-37 サンチョ）

Donde las dan las toman
打てば打たれる

他人を中傷すれば自分もまた同様の目にあうものだ。打てば打たれ、切れば切られる。〈因果応報〉。　　　　　　　（Ⅱ-65 サンチョ）

Donde menos se piensa salta la liebre
思いがけない所で野兎が飛び出す

思いがけない時や場所で事件が起きる。それが喜ばしいことであれば〈棚から牡丹餅〉と言えよう。　　　　　（Ⅱ-10, 30 サンチョ）

Donde no hay tocinos no hay estacas
塩豚のないところに釘はない

吊るす必要もないから、当然といえば当然。塩豚がないことは一目瞭然である。 （Ⅱ-10 サンチョ）

[参照] Adonde se piensa que hay tocinos no hay estacas「塩豚がありそうなところに釘がない」、Donde hay estacas no hay tocinos「釘のあるところに塩豚がない」、Muchos piensan que hay tocinos y no hay estacas「釘もないのに塩豚はあると思い勝ち」、No siempre hay tocinos donde hay estacas「釘のあるところに常に塩豚があるとは限らぬ」

Donde reina la envidia, no puede vivir la virtud
嫉妬が幅を利かすところに美徳育たず

嫉妬深い人は美徳を認めようとはしたがらない。（Ⅰ-47 サンチョ）

Donde una puerta se cierra otra se abre
一方の戸が閉まれば他方の戸が開く

不幸・不運なことがあっても、きっと救いの道や解決策は見つかる。〈棄てる神あれば助ける神あり〉。 （Ⅰ-21 サンチョ）

《E》

Echar azar en lugar de encuentro
いい目ではなく悪い目が出るかも知れない

結果を恐れず、運を天に任せる。〈一か八か〉、〈凶か吉か〉、〈のるか反るか〉。
（Ⅰ-25 愁い顔の騎士）

Échalo todo a doce
残らずぶちまけろ

腹にあることをすべてぶちまける。犠牲を払ってでも思うところを遂げようとする。
（Ⅰ-25 サンチョ）

Echarlo todo a trece, aunque no se venda
すべてを放り出す、どうとでもなれ

やけくそになり何らかの騒動を引き起こす（= meter a bulla algo para que se confunda y se olvide)、後はどうなろうと。後先見ずにとんでもないことを仕出かす。
（Ⅱ-69 サンチョ）

Echar pelillos a la mar
些事を海に捨てる

判然としないことや些細な偶発事に長くこだわらないこと。遠慮は捨てよう。〈水に流す〉。仲直りする。和解する（= hacer las paces）。
（Ⅰ- 30 キホーテ）

El abad, de lo que canta yanta
神父は説教で食する

例えば、神父の仕事は神の教えを人々に説き聞かせて導くこと、いわゆる「説教」にある。と同時にそれによって生計を立てなければならない。誰しも自分が選んだ仕事によって生計を立てる。
（Ⅱ- 60 ローケ・ギナール, 71 サンチョ）

El amor mira con unos anteojos que hacen parecer oro al cobre, a la pobre riqueza, a las legañas, perlas
色恋は銅を金に、貧困を富に、目やにを真珠に見せる眼鏡をかける

恋は色眼鏡をかける。〈恋は盲目〉。
（Ⅱ- 19 サンチョ）

El asno cargado de oro sube ligero por la montaña
黄金を背負った驢馬は楽々と山を登る

金持ちは何でも出来そうであるが、悪習・生活の乱れにもはまり易い。
（Ⅱ- 35 サンチョ）

El asno sufre la carga, mas no la sobrecarga
驢馬は重荷に耐えるが、それにも限度がある

　自分の肉体的、精神的限度を超えたことは引き受けられない。
"carga" と "sobrecarga" に "-arga" の同音韻。　　　　　　　　（Ⅱ-71 キホーテ）

El buen gobernador, la pierna quebrada y en casa
立派な領主は胡坐をかいて家にいる

　住民の相談にいつでも乗れるように待機する例え。献身的に職務に励むこと、あるいは家族のために尽くす主婦のことを誇張して言う場合にも用いられる。　　　　　　　　　　　　　　　　　　　　（Ⅱ-34 サンチョ）

El buey suelto bien se lame
放された牛は気ままに草を食む

　どんな制約にも縛られず勝手気ままに暮らせる独り者の自由を称賛する。確かに自由は誰もが認める最高の贅沢の一つ。ところが面白いもので、自由な身にある人たちからはあまり評価されない。彼らの多くは自由を謳歌する代わりに被雇用者として就労する。時計という鎖に縛られ利潤追求という鞭に打たれる現代版奴隷の道を選ぶ。果たして牛は、解き放たれて自分で食い扶持を探す日々と、繋がれていて餌を与えられる日々のどちらを選ぶであろうか。

（Ⅱ-22 サンチョ）

El consejo de la mujer es poco, y el que no lo toma es loco
女の忠告取るに足らぬが、それを聞かぬは愚か者

　女性のアドバイスを軽視してはいけない。男性には気付かない点の示唆が多々ある。"poco" と "loco" に "-oco" の同音韻。

(Ⅱ-7 サンチョ)

El dar y el tener, seso ha menester
与えるも蓄えるも頭を必要とする

　財産管理や慈善行為には思慮分別が必要。"tener" と "menester" に "-er" の同音韻。

(Ⅱ-43 サンチョ)

[同類] Para dar y tener, seso es menester「与えるにも蓄えるにも必要なるは頭脳」

El Diablo está en Cantillana
魔王はカンティリャーナにいる

　面倒なことになった、いつ揉め事が起きても不思議ではない。あるいは、どこそこで争いが生じている、というときに用いる。定冠詞を持つ大文字の Diablo は悪魔の長サタン。

(Ⅱ-45 サンチョ)

El gato al rato, el rato a la cuerda, la cuerda al palo
猫は鼠に、鼠は縄に、縄は棒に

　何人も入り乱れての、理由も分からないままの誰彼かまわずの

取っ組み合い、殴り合い。混乱も甚だしい。大抵は飲みすぎが原因。
(Ⅰ-16 旅籠での争い場面)

El gobernador codicioso hace la justicia desgobernada
強欲な領主はだらしない統治をする

正義・公正さを欠き、簡単に賄賂で買収される。 (Ⅱ-36 公爵夫人)

El hombre pone y Dios dispone
言い出すのは人間だが、処理なさるのは神様

決意のほどが報われるか否かはすべて神の思し召しにかかっている。"pone" と "dispone" に "-one" の同音韻。 (Ⅱ-55 サンチョ)

[同類] El hombre se mueve y Dios le dirige「人は動くが、神が導く」

El hombre sin honra peor es que un muerto
名誉を軽んずる者は死人にも劣る

名誉を重んじ、体面を保つ生き方が大切。〈虎は死して皮を留め人は死して名を残す〉。 (Ⅰ-33 ロターリオ)

El mal ajeno de pelo cuelga
他人の痛みは髪で吊るせる

自分に直接関係のない不幸・災難はさほど気にならない、じきに忘れてしまう。〈対岸の火災〉。 (Ⅱ-28 サンチョ)

El mal para quien lo fuere a buscar
災難はそれを捜し求める者の上にふりかかる

　自分から災難を招くような軽率さ、無分別さを叱る。〈飛んで火に入る夏の虫〉。 　　　　　　　　　　　　　　　　（Ⅰ-20 サンチョ）

El mayor vencimiento es vencerse a sí mismo
最大の勝利は自らに勝つこと

　自制心の重要さを説く。 　　　　　　　　　　　　　　　（Ⅱ-72 サンチョ）

El palo compuesto no parece palo
飾りし棒の棒らしからず

　身なりはその人の社会的身分をうかがわせるものだが、〈馬子にも衣裳〉と言うように、服装次第では田舎物が立派な紳士に見えたりもする。身だしなみもさることながら、大切なのはむしろ、"El hábito no hace al monje"（法衣、僧を作らず）が教える通り、その人の態度・振る舞いにある。 　　　　　　　　　　　　（Ⅱ-51 キホーテ）

[同類] Aunque la mona se vista de seda, mona se queda「絹を纏っても猿は猿」
[参照] El vestido descompuesto da indicios de ánimo desmazalado「だらしのない格好はたるんだ心のあらわれ」

El pan comido y la compañía deshecha
パンは頂いたがお供はごめん

恩知らずの人を叱る。　　　　　　　　　　　　　（Ⅱ - 7 サンチョ）

[同類] Hacer bien a villanos es echar agua en la mar「恩知らずに親切を施すは、大海に水を捨てるが如し」

El peor suceso es la muerte, y como ésta sea buena, el mejor de todos es morir
死は最たる不幸、しかし立派な死であれば、それは何にも優る

善い生き方をすれば、天国にも行ける。　　　　　（Ⅱ - 24 キホーテ）

El poeta hace y no se hace
詩人は生まれるのであり、作られるものではない

持って生まれた才能がものをいう。　　　　　　　（Ⅱ - 16 キホーテ）

El que a buen árbol se arrima, buena sombra le cobija
立派な樹に身を寄せる人を良い蔭が被う

　真夏の炎天下に枯木や痩せた木の下に涼を求める人はいない。暑熱の大地にオアシスにも似た憩の影を落とせるのは、枝葉繁る樹木である。人の場合にも同様のことが言えるであろう。貧困にあえぐ人、あるいは心労を負った人が他人の救済に手を差し伸べたという話はあまり聞かない。心にゆとりのある人、度量の広い人物を頼ってこそ初めて道も開けようというものである。要するに、良い庇護者を得た人は出世も早い、という処世訓の一つ。日本で類似のものは、〈寄らば大樹の蔭〉が周知のところ。"arrima" と "cobija" に "-i-a" の類音韻が見られる。"El que" に "Quien" を用いても同じ。

(Ⅰ-「『ドン・キホーテ』の書に寄せる詩句」正体の知れぬウルガンダ)

El que compra y miente en su bolsa lo siente
買い物をして偽ってみても財布は正直

買った値段を実際より安く言ってみても何の得にもならない。作品中では〈自業自得〉の意味に用いられている。"miente" と "siente" に "-iente" の同音韻。

(Ⅰ-25 サンチョ)

El que larga vida vive, mucho mal ha de pasar
長生きする人、辛苦も多し

人生に不幸はつきもの。長生きすればうんと辛い目にあい、悩むことも多かろう。

(Ⅱ-32 サンチョ)

El que luego da, da dos veces
すぐに与える人は二倍与える

必要なとき即座に寄せられた善意、親切には倍ほどの価値がある。"dar" を「殴る」の意味にとれば、攻撃されてからよりは先に殴る方がましとなり、〈先制攻撃〉、〈先んずれば制す〉などに通じる。

(Ⅰ-34 レオネーラ)

El que no puede ser agraviado no puede agraviar a nadie
侮辱されたことのない人は誰をも侮辱できない

子供や田舎者が、思慮の浅さゆえに侮辱されることはなく、彼らが賢者を侮辱することもない。侮辱は地位・身分のある人たちの沙汰。

(Ⅱ-32 キホーテ)

同類 No ofende el que quiere「愛する者は人を傷つけぬ」

El que no sabe gozar de la ventura cuando le viene, no se debe quejar si se le pasa
訪れた幸運を迎え入れようとしない人は、それが通り過ぎても文句は言えない

チャンスは逃したら二度と来ない。〈好機逸すべからず〉。

(Ⅱ-5 サンチョ)

同類 La ocasión la pintan calva「チャンスはハゲとして描かれる」(どちらも掴みにくいから。しかし前髪が一房ついているので、運よくそれを掴めば、禿げ頭も用をなす)

El que tiene el padre alcalde ...
判事の父を持てば…

相応の影響力を頼れる人は、結局望むことを手に入れる。"El que tiene el padre alcalde seguro que va al juicio"(判事の息子はきっと法廷に行く)を略したもの。

(Ⅱ-43 サンチョ)

El que ve la mota en el ojo ajeno, vea la viga en el suyo
他人の眼の中の綿くずを捜す前に、自分の眼の中の梁に気付け

他人のあら捜しよりも、より大きな自分の欠点に気付くべき。

〈灯台下暗し〉。 （Ⅱ-43 サンチョ）

El rey es mi gallo
王様が私の賭け鶏

自分の利益になりそうな方を支持する。サンチョは主人の意見に反対し、カマチョの味方をする。闘鶏に由来する。勝ちそうな方、あるいはひいきにする方を指して、誰それは私の雄鶏だ、と言った。
（Ⅱ-20 サンチョ）

El sueño es alivio de las miserias de los que las tienen despiertas
眠りは起きているときに感ずる諸々の苦しみを癒す

静かな眠りほど体の休息や心の安らぎを与えてくれるものはない。
（Ⅱ-70 サンチョ）

El vestido descompuesto da indicios de ánimo desmazalado
だらしのない格好はたるんだ心のあらわれ

精神が服装に現われる。 （Ⅱ-43 キホーテ）

参照 El palo compuesto no parece palo「飾りし棒の棒らしからず」

El vino demasiado ni guarda secreto ni cumple palabra
飲み過ぎは秘密を漏らし、約束を忘れさす

酔っ払いはあまり信用されない。飲み過ぎは理性を失わせ口を軽くする。 (Ⅱ-43 キホーテ)

En casa llena pronto se guisa la cena
裕福な家では夕食もすぐにととのう

才能や教養の豊かな人は、生じた困難に対する方策、ふさわしい解決法を持っている。物や手段が豊富な所では、大抵のことは何とでもなる。それが乏しい場合にはあれこれ思案しても始まらない。"llena" と "cena" に "-ena" の同音韻。なお、"pronto" の部分に "puesto"、"guisa" の部分に "hace" が用いられることもある。『セレスティーナ』の第8幕にも登場。 (Ⅱ-30, 43 サンチョ)

En la tardanza va el peligro
遅れは危険を伴う

事に当たるときは迅速に。遅れが問題の解決を不可能にしてしまうことがある。 (Ⅱ-41, 46 キホーテ)

En los nidos de antaño no hay pájaros hogaño
昨年の巣に今年は鳥がいない

昔小鳥がいた巣を訪ねてみたら〈もぬけの殻〉であった、巣さえも無かったということがある。夢の再現が不可能であったとしても不思議はない。失ったものや過去を偲ぶ。日本の、〈何時も柳の下に泥鰌は居らぬ〉、〈当て事と越中は向うから外れる〉などに類似。"antaño" と "hogaño" に "-año" の同音韻を踏む。 (Ⅱ-74 キホーテ)

同類 No hallar nidos donde se piensa hallar pájaros「小鳥がいると思った所に、その巣も見つからない」

En los principios amorosos, los desengaños prestos suelen ser eficaces
恋もはじめの頃ならば、目も覚めやすい

恋愛問題も初期の頃には打つ手もあるが、遅れると消すに消せないことにもなる。
(Ⅱ-46 キホーテ)

En manos está el pandero, que le sabrá bien tañer
タンバリンが名手の手にあるのだから、いい音のすること請け合い

経験豊富がものをいい、自信のある分野での問題解決は容易。
(Ⅱ-22 サンチョ)

En mucho más se ha de estimar un diente que un diamante
一本の歯はひと粒のダイヤモンドよりはるかに貴重

健康や身内を失う痛手は、いかなる富をもってしても補えない。
(Ⅰ-18 キホーテ)

En otras casas cuecen habas y en la mía a calderadas
よその家でもそら豆を煮るが、わが家では大鍋いっぱいに煮る

誰にもあるいはどの家庭にも悩みの種は尽きないものであるが、

自分のあるいは我が家の抱えた問題がことさら大変なことのように思われる。 (Ⅱ-13 サンチョ)

En priesa me ves y doncellez me demandas
孕んでいるのを知りながら、あなたはわたしに処女を求める

無理な注文。おあいにくさま、それは出来ない相談だ。「あの三千三百の鞭打ちのせめて五百なりともすませておいてほしい」というドン・キホーテの提案を受けて、サンチョはこれを引き合いに出し、「これからの長旅、驢馬の背で固い木の鞍に跨って行くというのに、その前に尻を痛めつけるわけにはいかない」と断る。

(Ⅱ-41 サンチョ)

En salvo está el que repica
鐘つきは安全な場所にいる

結果が自分に影響なければ、助言を与えるのは簡単。〈高みの見物〉。 (Ⅱ-36 サンチョ)

[同類] A buen salvo está el que repica「鐘つきは安全な場所にいる」

En temer a Dios está la sabiduría
神を畏れるところに智恵が生まれる

神をうやまう人は、慎重さ、分別、沈着さ、公正さを伴った行動をする。 (Ⅱ-42 キホーテ)

Entre dos muelas cordales nunca pongas tus pulgares
上下の親知らずの歯まで覗くように両の親指突っ込むでない

　危険を招くような状況に身を置くべきではない。特に近い親戚や夫婦間の揉め事に関わるのは考えもの。〈君子危うきに近寄らず〉。

(Ⅱ - 43 サンチョ)

Es anejo ser rico a ser honrado
金持ちであれば人の敬意を集めるもの

　必要なものは揃っているのだから、その名誉を汚すようなことに手を染めるな。

(Ⅰ - 51 山羊飼い)

Ése que te quiere bien, que te hace llorar
君を愛する人は、君を泣かせもする

　私たちを大切に思う人の愛情が、時には厳しい態度をとることがある。たいていの場合、気まぐれや思慮不足を叱られるのであるが、〈単刀直入〉に叱られるあまり辛くて泣かされてしまう。愛の鞭は何れ必ず生きてくるであろう。〈良薬口に苦し忠言耳に逆う〉。

(Ⅰ - 20 サンチョ)

Espantóse la Muerte de la degollada
死神が首を斬られた女を見てびっくりした

　自分のことは棚に上げて、他人の悪い癖を大袈裟に取り沙汰する

人。島の領主として赴任するサンチョにキホーテが与えるさらなる忠告と両者のやりとりの中には、16例ものことわざが飛び交う。サンチョが、人からとやかく言われないよう留意する旨を表す一つとして用いている。

(Ⅱ-43 サンチョ)

『ドン・キホーテ』のキャラクターたち

⑤ **エウヘニオ Eugenio**：豊かな農夫の娘で評判の美貌の持ち主レアンドラに思いを寄せる山羊飼いの若者。しかし彼女は12年ぶりに村に帰ってきた兵士ビセンテ・デ・ラ・ローカと駆け落ちをしてしまう。エウヘニオはそのビセンテの派手な軍服やさまざまなガラスの装身具、鉄製の細い鎖などを、どれもこれも「吹けば飛ぶような安物」と評する。

⑥ **公爵と公爵夫人 Duque y Duquesa**：アラゴンの公爵夫妻。キホーテとサンチョ主従はその城館に招待され厚遇を受けながら逗留を続ける。しかし財力にものをいわせて人心を翻弄もする人物として描かれ、主従の「騎士道ごっこ」への愚弄を繰り返す。ドン・キホーテをして「とにかくわしは他人の名誉を傷つけることを最も忌み嫌う」と言わしめる、著者セルバンテスが敬遠する人間性の持ち主。

⑦ **司祭ペロ・ペレス Pero Pérez, el cura**：主人公と同じ在所の友人。騎士道本によるキホーテの「狂気」を鎮める手立てとして、床屋ニコラス親方と「書斎の壁の塗り固め」を断行したり、一策を講じてドン・キホーテを檻に閉じ込め、旅から帰郷させたりもする。後編においても、いち早くドン・キホーテの癒えぬ狂気を察知し、得業士サンソン・カラスコを介したシナリオを仕組む。正気に戻った主人公アロンソ・キハーノの最期では告解に立会い、キリスト教徒としての人生を全うさせる。前編、後編を通して不可欠な役割の担い手。

【H】

Hablen cartas y callen barbas
文書が話して顎ひげは口を閉じなさい

　口約束よりも証文がものを言う。"hablen" と "callen" に "-a-en" の、そして "cartas" と "barbas" に "-ar-as" の、いずれも類音韻がある。

(Ⅱ-7 サンチョ)

参照　"Quien destaja no baraja"「契約する人はカードをごちゃまぜにしない」(書付はものを言うが口約束は当てにならない)

Haceos miel, y comeros han moscas
蜜になってご覧、蝿に食われるよ

あまりにも温良な人は誰にでも利用されやすい。

(Ⅱ-43, 49 サンチョ)

同類　Haceos miel, y paparos han moscas「蜜になってご覧、蝿に吸われるよ」

Hacer bien a villanos es echar agua en la mar
恩知らずに親切を施すは、大海に水を捨てるが如し

　恩知らずのために力を尽くすのは、お金をドブに捨てるようなもの。無駄なこと。〈泥棒に追銭〉。いったん恩恵を受けてしまった後は恩人をもうとんじる恩知らず者を叱る。〈暑さ忘れりゃ陰忘れ

る〉、〈喉元過ぐれば熱さを忘れる〉。　　　　　　　　　（Ⅰ-23 キホーテ）

[同類] El pan comido y la compañía deshecha「パンは頂いたがお供はごめん」

Hasta la muerte todo es vida
人間死ぬまでまさに人生

生きてさえいれば、そのうち道も開ける。　　　　（Ⅱ-59 サンチョ）

[同類] Todas las cosas tienen remedio, si no es la muerte「死を除けば、どんなことにも救いの手立てはある」、Para todo hay remedio, si no es para la muerte「死は別にして、万事に策あり」

Hasta ventura tiene un delincuente, que está en su lengua su vida o su muerte
罪人は果報者。生死が当人の舌先にかかっている

裁判所が預かる件でない限り、罪状を自ら白状しなければ、白黒は不明のまま。　　　　　　　　　　　　　　　（Ⅰ-22 護送役人の一人）

Hay más mal en la aldegüela que se suena
その村には噂よりひどいことがある

外見に惑わされてはいけない。よくないことが巧妙に隠されている。　　　　　　　　　　　　　　　　　　　　　（Ⅰ-46 サンチョ）

Haz lo que tu amo mande y siéntate con él a la mesa
主人が命じることをし、一緒に食卓につけ

主人には従順であれ。しかし必要とあれば適切な進言もあってよい。

(Ⅱ-29 サンチョ)

Hombre apercibido medio combatido
備えあれば半ば勝利

仮に、"El que da primero, da dos veces"（先制攻撃、効果2倍）が「不意打ち」の効果大であることを説くなら、これはそれを予知していた人の防御の堅固さを説く。あらかじめ相手の意図、目的を知っていれば、それに対する心構えや準備も整えられようというもの。戦に限らず、状況把握は何物にも優る武器となる。〈備えあれば憂なし〉。"apercibido"と"combatido"に"-ido"の同音韻。

(Ⅱ-17 キホーテ)

[同類] Hombre prevenido vale por dos「用意周到な人は二人分の価値あり」

Hoy por ti y mañana por mí
今日は君のため、明日はわたしのため

「お互いさま」と言われるように、人間関係にはお互いに助け合える関係が存在すべきである。社会の相互依存的関係。"ti"と"mí"に"-i"の同音韻。

(Ⅱ-65 サンチョ)

⟨ I ⟩

Iglesia o mar o casa real
教会か海か宮廷か

　黄金時代のスペイン人には、出世あるいは成功のための三つの選択肢があった。聖職に就くか、新大陸アメリカに渡るか、王家に仕えるか。

（Ⅰ-39 捕虜）

Ir el muerto a la sepultura y el vivo a la hogaza
死者は墓へ、生きている者はパンのことに

　亡くなった人のことをいくら悔いても仕方がない。残された人の人生は続く。死者を埋葬した後は食事に戻る、つまり、人間はすぐに悲しみを忘れてしまうという解釈と、いつまでも悲しみにくれていないで一刻も早く仕事に戻りなさい、という二通りの解釈があるようであるが、作品中では単に「さっさとこの場を退散しましょう」という意味に使われている。サンチョが口にする最初のことわざとなる。

（Ⅰ-19 サンチョ）

Ir por lana y volver trasquilado
羊毛を刈りに行き虎刈りにされる

　熟慮を怠り不用意に何の利益にもならないこと、むしろ害にしかならないことに手を出す軽率さが招く危険性を説く。私たちの干渉

や介入が他人に疑惑の念を抱かせる時、あるいは何らかの衝突が避けられないような時は特に留意しなければならない忠告である。むやみに危険に近付くことは慎むべきであろう。〈君子危きに近寄らず〉、〈藪蛇〉、〈ミイラ採りがミイラになる〉。

(Ⅰ-7 キホーテの姪、Ⅱ-14, 43, 67 サンチョ)

『ドン・キホーテ』のキャラクターたち

⑧ **宿の亭主 Ventero**：ドン・キホーテが宿に忘れていった騎士道本の内容に関して、司祭がそんな騎士たちは存在せずすべて作り話だと諭すように話したのに答えて、宿の亭主は「そんなことは分かっている。相手を見てものを言ってほしい」という趣旨で、"A otro perro con ese hueso"「そんな骨は別の犬に…」を用いる。

⑨ **カルデニオ Cardenio**：恋人ルシンダがドン・フェルナンドと不貞を働いたと思い込み、引きこもったシエラ・モレーナ山中でドン・キホーテと知り合う。その後出会った司祭や床屋、ドロテーアと一緒にキホーテを連れ戻す道中の旅籠で、疲労困憊の主人公が眠りに落ちた後、宿の亭主、その他一同が会した席で、「本に書かれていることをそのまま確信してしまうような人には、いくら坊さんが寄ってたかって説得しても、その迷いを覚ますことは無理」とコメントする。

⑩ **ロターリオ Lotario**：親友アルモンセから、妻カミーラの貞節を試すために妻を誘惑してくれと頼まれる。心ならずもカミーラを口説いているうちに次第に本気になり、ついには誘惑に成功する。事実を知った友人アルモンセは自分の愚かさを悟り、絶望のあまり息絶える。その後ロターリオもフランス軍との戦いで戦死。二人の死を知ったカミーラは悲しみと絶望のあまり息を引き取る。

【 J 】

Jayanes hay en la danza
舞踏会に出た巨人たち

集会などで、一貫性のない戯言を述べる、良識や分別の欠如。

（Ⅰ-5 司祭）

Jo, que te entrego, burra de mi suegro
これ、どうどう！舅のロバさん、ひっぱたくよ

ロバが優しくなでられることに抵抗するように、自分に向けられた善意に対する苛立ちを表す。作品中では、サンチョが女たちをドゥルシネーアとその随員たちだと勘違いした振りをして慇懃に話したことに対する、連れの女の一人の皮肉たっぷりな表現。

（Ⅱ-10 連れの女の一人）

Júntate a los buenos y serás uno de ellos
よい人たちと付き合えば、君もその一人になる

人は交わる友によって、善悪いずれにも感化されやすい。〈朱に交われば赤くなる〉、〈類は友を呼ぶ〉、〈類を以って集まる〉。"buenos" と "ellos" に "-e-os" の類音韻。

（Ⅱ-32 サンチョ）

《L》

La alabanza propia envilece
自画自賛は値打ちを下げる

〈自画自賛〉を慎み、謙虚であれ。

(Ⅱ-16 キホーテ、またの名を愁い顔の騎士)

La buena mujer no alcanza buena fama sólo con ser buena, sino con parecerlo
善良な女性も単に善良というだけでよい評判が得られるわけではなく、人の目にそう映らなくてはならない

女性の評判を悪くするのは、慎みのなさや過ぎたる奔放さ。

(Ⅱ-22 キホーテ)

[同類] No basta que la mujer de César sea honrada, sino que lo parezca「シーザーの妻は誠実なだけでは十分でない。人の目にそう映らなくてはいけない」

La codicia rompe el saco
強欲は袋を破る

欲張りすぎるとひどい目にもあう。〈二兎を追う者は一兎を得ず〉、〈欲の熊鷹股裂くる〉。

(Ⅰ-20 サンチョ、Ⅱ-13 森の騎士, 36 公爵夫人)

La culpa del asno no se ha de echar a la albarda
驢馬の罪を荷鞍のせいにしてはいけない

上司の失敗を部下のせいにしてはいけない。責任逃れ、責任転嫁。 （Ⅱ-66 サンチョ）

La diligencia es madre de la buena ventura
勤勉は幸福の母

働き者は怠け者よりも栄える。 （Ⅰ-46 キホーテ）

La doncella honesta, el hacer algo es su fiesta
実直な娘は何をするも楽しみ

慎みのある娘さんの一番の気晴らしはお手伝い。ちょっとした家事でも楽しむ。 （Ⅱ-5 テレサ）

La doncella honrada, la pierna quebrada y en casa
慎み深い娘はおとなしく家にいる

むやみに出歩かない。 （Ⅱ-49 サンチョ）

[同類] La mujer honrada, la pierna quebrada y en casa 「慎み深い女性はおとなしく家にいる」

[参照] La mujer y gallina, por andar se pierden aína 「女と雌鶏は出歩くうちに身を滅ぼす」

La envidia no trae sino disgustos, rencores y rabias
嫉妬が招くは不快と恨み、そして苛立ち

他人の幸福を目にして気持ちが暗くなるのは悪い癖。この種の陰気さは心に卑劣さを招く。 （Ⅱ-8 キホーテ）

La fuerza es vencida del arte
力は技にかなわない

こうでなければ闘牛士の命は幾つあっても足りなかろう。何事にも才覚がものをいう。〈柔能く剛を制す〉。 （Ⅱ-19 状況描写）

[同類] Vale más maña que fuerza「技は力に勝る」

La honra puédela tener el pobre, pero no el vicioso
貧しい人が名誉を得ることはできても、放蕩者には無理

なぜなら不道徳と名誉は相容れない。一方、貧しさが名誉を損なうことはない。 （Ⅱ-序文）

La ingratitud es hija de la soberbia
忘恩は傲慢の産物

感謝を忘れてはいけない。ドン・キホーテはバラタリア島領主としてあるサンチョに宛てた手紙の中にこれを引用。 （Ⅱ-51 キホーテ）

La lengua queda y los ojos listos
おしゃべりは止めて目を凝らす

今していることに気持ちを集中して打ち込みなさい。（Ⅰ-4 農夫）

La letra con sangre entra
学問は血を流して身につく

　学問や知識を身につけるには大変な労苦が必要であることを説く。学問に限らずあらゆる分野に当てはまる教えであるが、古くにはもっぱら教育法の一つとして取沙汰されたようであり、興味深い論究が残されている。

　コレアス（Correas）は "Vovabulario de Refranes"（『ことわざ用語辞典』、17世紀初期）の中で、"La letra, con sangre entra, y la labor, con dolor"（学問は血を流して、仕事は苦痛をともなって身につく）と紹介し、さらに "Con castigo en niños y niñas"（子供たちにはこらしめを）と注釈を加えている。

　しかしコバルビアス（Covarrubias）は "Tesoro de la Lengua Castellana"（『カスティーリャ語辞典』、1611）の中で、"sangre"（血）は研究に際しての血のにじむような苦労を意味し、決して横暴な教師が子供たちを打つ過酷な鞭ではないとしている。横暴教師のせっかんについては『ドン・キホーテ』後編第35章に、"... que no hay niño de la doctrina, por ruin que sea, que no se lleve tres mil y trescientos azotes cada mes"（孤児収容所では、どんなにたちが悪いにしろ、毎月3千と3百の鞭をくらわない子はいない）、という下りがある。

　またコルドバの医師フランシスコ・デル・ロサル（F. del Rosal）は "Diccionario"（『辞書』、17世紀初期）の中で、鞭は規律に通じ、規律とはラテン語で教育を意味する。規律と懲罰は教育の道具である

が、しかし適度でなければならない、という主旨のことを記している。さらにマリア・デ・マエスツ（M. de Maeztu）は、学問が血を流して身につくのは事実であるが、生徒の血ではなく教師の血、つまり教える側の苦心による、としている。

　こと教育に関しては、それが果たして「愛の鞭」であるか否かが問われるようである。

(Ⅱ - 36 公爵夫人)

La mejor salsa es el hambre
空腹に優るソースなし

　必要性は問題解決のよき担い手である。必要性に端を発し、物事に自発的に取り組めば、直面する障害もさほど苦にはなるまい。また、困っているときはちょっとした助けもありがたい、という用法もある。〈空腹にまずい物なし〉、〈飢えては食を選ばず〉。

(Ⅱ - 5 テレサ)

[同類] A buen hambre no hay pan duro「空腹に堅いパンなし」

La mujer y gallina, por andar se pierden aína
女と雌鶏は出歩くうちに身を滅ぼす

　女性の外出は必要最小限にとどめること。外では誘惑も多く、悪い虫もつきやすい。

(Ⅱ - 49 サンチョ)

[参照] La doncella（または mujer）honrada, la pierna quebrada y en casa「慎み深い娘（女性）はおとなしく家にいる」

La música compone los ánimos descompuestos
音楽は疲れた心を癒す

私たちに日頃の現実を忘れさせ、心を高尚にしてくれるあたりが、音楽を称して "lenguaje de los ángeles"（天使たちのことば）とする所以であろうか。 （Ⅰ- 28 ドロテーア）

La ocasión la pintan calva
チャンスはハゲとして描かれる

しかし前髪が一房ついているから、運よくそれを掴めば、禿げ頭も用をなす。〈好機逸すべからず〉。 （Ⅰ- 序文 ドン・ベリアニス）

La pluma es la lengua del alma
ペンは心の舌

ペンは言葉のように雄弁に心を語り、綴る。 （Ⅱ- 26 キホーテ）

La sangre se hereda y la virtud se adquiere
血は受け継がれるが、徳は自ら獲得するもの

受け継いだ家柄が高名であるか否かなどは個人の値打ちと関係がなく、誠実さ、徳、仕事から得た社会的地位、勤勉さ、節度にこそその人の価値がある。 （Ⅱ- 42 キホーテ）

[同類] La virtud vale por sí sola lo que sangre no vale「徳はそれ自体において血統の持ち得ない価値を秘めている」

Las gracias y los donaires no asientan sobre ingenios torpes
気の利いた洒落や冗談は愚鈍な頭に浮かばず

その場とタイミングに合った機知には、分別・デリカシーを伴う才能が不可欠。 (Ⅱ-30 公爵夫人)

[同類] No puede haber gracia donde no hay discreción「機知のないところにユーモアはあり得ず」

Las lágrimas de una afligida hermosa, vuelven en algodón los riscos, y los tigres en ovejas
悲嘆にくれる美女の涙は、岩を綿に変え、虎をも羊に変える

「女の涙は岩をも砕く」とでも付け足したくなるほど、女性の涙をみせての懇願は思うところを叶えるに効果抜群である。と同時にこれは〈女の涙と犬のちんばは嘘〉を教えることにもなる。

(Ⅱ-35 妖精)

Las necesidades del rico por sentencias pasan
長者のたわごとが格言となる

金持ちの言うことが影響力を持つ例え。〈金があれば馬鹿も旦那〉、〈金が物言う〉、〈金で面を張る〉、その他、とかくお金にまつわる諺には、好意的なものが少ない。 (Ⅱ-43 サンチョ)

Las paredes tienen oídos
壁には耳がある

秘密を他人に打ち明けるときなどは慎重に。こっそり話したつもりが、いつの間にか聞かれたくない人の耳に入っていたり、人の噂になっていたりする。〈壁に耳あり〉。　　　（Ⅱ-48 ドニャ・ロドリーゲス）

Las tierras estériles y secas, estercolándolas y cultivándolas dan buenos frutos
不毛の乾いた土地でも、肥料を施して耕せば、よい収穫をもたらす

たゆまぬ努力は問題を克服し成果をもたらす。〈雨だれ石を穿つ〉、〈為せば成る〉。　　　　　　　　　　　　　（Ⅱ-12 サンチョ）

La verdadera nobleza consiste en la virtud
真の気高さは徳より出ずる

人の高潔さは魂にあり、徳行のみがその人の評価を高める。
　　　　　　　　　　　　　　　　　　　　　（Ⅰ-36 ドロテーア）

La virtud enfada, y la valentía enoja
美徳が人をいらだたせ、勇気が人の癇にさわる

その人の長所が他人のねたみを買うこともある。　（Ⅰ-47 司祭）

La virtud más es perseguida de los malos que amada de los buenos
徳行は善人によって愛されるよりは、悪人によって迫害されることの方が多い

善人の徳行はささやかなものであるが、悪人はそれを嫌悪し、悪習、悪行に奔る。 （Ⅰ-47 キホーテ）

La virtud vale por sí sola lo que la sangre no vale
徳はそれ自体において血統の持ち得ない価値を秘めている

名門の子孫であることは何の業績にもならず、身につけた徳こそがその人の真価。 （Ⅱ-42 キホーテ）

[同類] La sangre se hereda y la virtud se adquiere「血は受け継がれるが、徳は自ら獲得するもの」

Le estaba esperando como el agua de mayo
五月の雨を待つように待ち焦がれる

大地に最も恵みをもたらすのは五月の雨。切望していることをこれに例える。 （Ⅱ-73 サンチーカ）

Llegaos, que me mamo el dedo
私が指をしゃぶるかどうか、こっちに来てご覧あれ

私は馬鹿ではない。自分のしていることは分かっているし、した

いことやすべきことも知っている。　　　　　　（Ⅰ-29 サンチョの独り言）

[同類] Ponme el dedo en la boca y verás si aprieto o no「私の指を口に含ませてください、しゃぶるかどうか分かりますよ」

Lo bien ganado se pierde, y lo malo, ello y su dueño
真っ当な稼ぎすら無くなる。
いわんや悪銭においては、持ち主をも滅ぼす

あぶく銭はすぐ使い果たしてしまうどころか、身の破滅をも招きかねない。〈悪銭身につかず〉。　　　　　　　　　　　（Ⅱ-54 サンチョ）

Lo de hasta aquí son tortas y pan pintado
これまでのところは、甘い菓子か画に描いた餅みたいなもの

〈画に描いた餅〉ではまるで空言、問題の核心にはほど遠い。

（Ⅱ-2 サンチョ）

Lo que cuesta poco, se estima en menos
労せず手にしたものは粗末にされがち

苦労して得たものは大事にされるが、たやすく得たものはそうとは限らない。　　　　　　　　　　　　　　　　　（Ⅰ-34 カミーラ）

[同類] No es de estima lo que poco cuesta「労せず手にしたものは重視されない」

Lo que has de dar al mur, dalo al gato, y sacarte ha de cuidado
鼠に食わせるものを猫にくれてやれば、手間も省ける

　具体的な目標もなくいたずらに時間を費やすだけの議論が繰り返されることはよくある。切迫した状況の対応に手間取ってはいけない。最善のタイミングと対象の判断も大切。　　　　（Ⅱ- 56 サンチョ）

Los daños que nacen de los bien colocados pensamientos, antes se deben tener por gracias que por desdichas
良心的行為の結果生じた苦悩は、不幸というよりはむしろ
天の恵みとみなすべき

　私欲のない行動を常とし、結果はどうあろうと喜んで受け入れよと説く。純摂理説。　　　　　　　　　　　　　（Ⅱ- 12 キホーテ）

Los duelos con pan son menos
心労もパンがあれば少なくなる

　財産があり、生活の心配がなければ苦労や悩みもそれだけ軽くなる。　　　　　　　　　　　　　　　　　　　（Ⅱ- 13, 55 サンチョ）

Los oficios mudan las costumbres
職務は人の習慣を変える

　人間関係に職務上の地位、あるいは責任を意識した態度が出る。

それどころか、得た地位を鼻に掛け、人が変わったようにすらなりかねない。落とし穴はこんなところにもある。　　　　（Ⅱ-4 サンチョ）

『ドン・キホーテ』のキャラクターたち

⑪ **ドロテーア Dorotea**：恋人ドン・フェルナンドが他の女性ルシンダと結婚したという噂の真相を確かめるために家を出る。道中ドン・キホーテと同郷の司祭と床屋、そしてルシンダの元恋人カルデニオに出会う。シエラ・モレーナ山中で修行するドン・キホーテを山から連れ出す作戦に協力することになり、ミコミコーナ姫に扮して、巨人に奪われたミコミオン王国奪回をドン・キホーテに嘆願する。一行が泊まった宿屋に、ドン・フェルナンドとルシンダも偶然居合わせる。

⑫ **床屋ニコラス親方 Maese Nicolás, el barbero**：主人公と同じ村出身の友人。主人公の姪、家政婦、司祭と一緒に、主人公の100冊をこえる本を焼き捨てようとする「書物の詮議」（前編第6章）の場面では、司祭の一冊ごとの論評に聞き入りながら、次々と本を手渡しする。そして司祭が『ドン・キホーテ』の生みの親ともいえる『アマディス・デ・ガウラ』（全4巻）を手にして、「これこそスペインで印刷された最初の騎士道本」と言えば、「物語芸術の最高峰として焚き書の刑は免れるべき」と進言する。

⑬ **サンソン・カラスコ Sansón Carrasco**：サラマンカ大学の得業士というインテリ。『ドン・キホーテ前編』をいち早く読破し、その評判をあちらこちらで聞き回り、自宅で静養中の主人公に、その冒険譚出版ニュースの反響大なるを伝え、再び冒険心を燃え上がらせる張本人。主人公の武勲を求める遍歴がいかに現実離れし、狂気に満ちているかを分からせるための方便としてのお芝居を打つ。変装しての最初の出会いは「森の騎士」、一戦を交えて落馬した「鏡の騎士」、そして大勢の見守るなかでついに勝利し、ドン・キホーテを事前の取り決め通り遍歴をあきらめて故郷に引き上げさせることに成功する「銀月の騎士」。

【M】

Majar en hierro frío
冷えた鉄を打つ

　不可能なことをしようと企むこと。無駄なこと。〈鉄は熱いうちに打て〉が教える通り、固い鉄をきたえるには、真っ赤に灼けているうちに打たなければならない。
（Ⅱ-6 状況描写）

[同類] Predicar en desierto y majar en hierro frío「砂漠で説教し、冷えた鉄を打つ」

Más bien parece el soldado muerto en la batalla que vivo y salvo en la huida
戦死兵は逃げ出して生きている兵士よりも立派だと判断される

　逃げた兵士は命よりも大切な名誉を失う。紀元前古代ローマの喜劇詩人テレンティウスのことばで、いつの時代にも議論の余地のない真理とみなされてきた。
（Ⅱ-24 キホーテ）

Más derecho que un huso de Guadarrama
グアダラマ産の紡錘よりまっすぐ

　ぴんと真っすぐになっている・立っている。グアダラマのブナノキは「つむ」だけでなく、いろいろな木製品の原材料になっている。真っすぐなことの極致。
（Ⅰ-4 キホーテ）

Más dura que un diamante
ダイヤモンドよりも固い

固さの極致。作品中では固い岩の角の描写に当てている。

（Ⅰ-25 サンチョ）

同類 Más duro que un alcornoque「コルクガシよりも固い」

Más duro que un alcornoque
コルクガシよりも固い

コルクガシが一般的に特別固い木であると信じられていることに由来する。作品中ではドゥルシネーアの堅固さに当てている。

（Ⅰ-25 サンチョ）

同類 Más dura que un diamante「ダイヤモンドよりも固い」

Más ladrón que Caco y más fullero que Andradilla
カクスに輪をかけた大泥棒でアンドラディーリャに劣らぬペテン師

窃盗といかさまの極めつけ。カクスは神話上の有名な泥棒で、アンドラディーリャは伝説的ないかさま師。 （Ⅱ-49 喧嘩の相手方）

Más ligero que el viento
風よりも速く

作品中では、もう一人の修道士が脱兎のごとく逃げる様。

（Ⅰ-8 状況描写）

Más ligero que un gamo
鹿よりも身軽に

作品中では、床屋の起き上がった様。　　　　　　　（Ⅰ-21 状況描写）

Más limpio que un armiño
アーミンよりも白いぴかぴか

ドン・キホーテが最初の旅立ちの道中で考えた白い盾の磨き方。

（Ⅰ-2 キホーテ）

Más sabe el necio en su casa que el cuerdo en la ajena
来客の利口者より、自宅の愚か者の方がよく知っている

　世の中には他人の問題に顔を突っ込みああしろこうしろとやたら忠告や指図をしたがる人もあるが、招く結果は概して当事者本人が問題の処理に当たるよりは思わしくない。とかくその行動を批判されがちなどんな馬鹿でも、自分の関わっている事柄がどういう状況にあり、どうすれば一番良い方向に導けるかを知っているものである。たとえそうは見えなくても本人に勝る適任者はいない。〈餅は餅屋〉。

（Ⅱ-43 サンチョ）

Más sano que una manzana
りんごよりも元気に

傷が癒えて元気になる。負傷したドン・キホーテが、「あのフィ

エラブラスの霊薬を一滴でも口にすれば林檎のように元気になれるのに」、という主旨で使う。 （Ⅰ-10 キホーテ）

Más seco que un resparto
アフリカハネガヤよりも干からびた

がりがりに痩せた。作品中では、空っぽになったぶどう酒の革袋の描写に当てている。 （Ⅱ-54 状況描写）

Más vale algo que nada
何も無いよりは何か有る方がまし

何もしないよりは何かした方がよい。 （Ⅰ-21 キホーテ）

Más vale al que Dios ayuda que al que mucho madruga
大いに早起きする人も、神に助けられる人には及ばず

ことが成果を上げるには人の努力より神の助けが重要。しかし今日では「努力を怠っては神の助けも期待できない」、という解釈が一般的。朝に起きてこない息子を叱る父親が、大金の入った袋を拾った早起きの人の話をしてやると、「その大金を落とした人はもっと早起きした」と息子が口答えする次のような逸話も面白い。

—— Al que madruga, Dios le ayuda. Uno que madrugó, un duro se encontró（早起きする人を神は助ける。早起きした男が1ドゥロを拾った）

—— Más madrugó el que lo pardió（それを落とした人はもっと早起きした）

"ayuda" と "madruga" に "-u-a" の類音韻。〈早起きは三文の得〉。

(Ⅱ-34 サンチョ)

[同類] A quien madruga y vela, todo se revela「早起きと夜警をする人には全てが暴露される」、Pájaro madrugador coge más gusanos「早起き鳥に餌多し」

Más vale buena esperanza que ruin posesión
よき希望はさもしき所有に優る

現実に僅かなものを所有するより、すばらしい夢をみる方がよい。

(Ⅱ-7 キホーテ, 65 サンチョ)

Más vale buena queja que mala paga
よき苦情は悪しき支払いに優る

僅かな金品で、不本意な妥協をしてはいけない。　(Ⅱ-7 キホーテ)

Más vale migaja de Rey que merced de señor
国王のパンのおこぼれは、主人の心づけに優る

偉い人から提供されたものの方が貴重に思える。(Ⅰ-39 捕虜の父)

Más vale pájaro en mano que buitre volando
飛んでいる禿鷹より手の中の小鳥

不確かな事のために確かな事を放棄してはいけない。たとえ前者

が後者よりも素晴らしく思えても、うかつな判断は禁物である。たいていの場合、あまりかんばしくない結果が待っている。俗に言う「美味しい話」には落し穴も付き物。〈明日の十両より今の五両〉。

"mano" と "volando" に "-a-o" の類音韻。（Ⅰ-31、Ⅱ-12, 71 サンチョ）

[同類] Más vale un toma que dos te daré「二つの約束より一つの"どうぞ"」

Más vale salto de mata que ruego de hombres buenos
正直者の嘆願より、盗っ人の逃亡

何かを望むなら、請願するより直接出向く方がよい。

（Ⅰ-21、Ⅱ-67 サンチョ）

Más vale un toma que dos te daré
二つの約束より一つの「どうぞ」

〈明日の十両より今の五両〉、〈旨い事は二度考えよ〉、〈旨いもの食わす人に油断すな〉。　　　　　　　　（Ⅱ-3, 7, 71 サンチョ）

[同類] Más vale pájaro en mano que buitre volando「飛んでいる禿鷹より手の中の小鳥」

Más vale vergüenza en cara que mancilla en corazón
曇る心より顔に出る羞恥の方がまし

言わずにくよくよ思い煩うよりは、恥ずかしくても言った方がよい。　　　　　　　　　　　　　　　　　（Ⅱ-44 アルティシドーラ）

Mejorado en tercio y quinto
かなり優れた

他よりもかなり抜きん出ている。作品中では、主人の許可をえたサンチョが自分の驢馬をありったけの馬具で飾りたてることにより、「見違えるほど立派に」する。

(Ⅰ-21 状況描写)

Mejor parece la hija mal casada que bien abarraganada
リッチなお妾さんより、貧しくてもお嫁さんの方がまし

世間体も大事。テレサが娘マリ・サンチャを結婚させるならそういうことだと、夫サンチョに話す。"casada"と"abarraganada"に"-ada"の同音韻。

(Ⅱ-5 テレサ)

Menos mal hace el hipócrita que se finge bueno que el público pecador
善人ぶる偽善者のほうが、公然たる罪人よりもまし

慎重に細心の注意をはらってスキャンダルを回避したつもりのことが露見して物議をかもすことのないように、用心するに越したことはない。それがよかれとなれば、〈嘘も方便〉というもの。

(Ⅱ-24 キホーテ)

Metafísico estáis. Es que no como.
君は哲学者だね ─ 食うものも食わんせいだよ

物資不足は人に哲学的な思いをめぐらせるという勘違いの幻想を抱かせる。バビエカは彼の英雄エル・シッドの愛馬であり、ロシナンテがドン・キホーテの目には駿馬に映る痩せこけた駄馬であることは周知のところ。

（Ⅰ-「『ドン・キホーテ』の書に寄せる詩句」バビエカとロシナンテの対話）

Mezclar berzas con capachos
キャベツとかごを混ぜこぜにする

　場違いな、あるいは関係のない話を持ち出す。"capachos" に代わって "gazpachos"（ガスパチョ）を使う言い方もある。「ガスパチョ」はキュウリ、トマト、タマネギ、ニンニク、パン、オリーブ油、酢、塩で作る冷たい野菜スープ。　　　　　（Ⅱ-3 サンチョ）

Mientras se gana algo no se pierde nada
何らかを稼いでいるうちは、失うものなし

　少しでも働いていれば何とかなる。よく働けば貧乏に苦しむことはない。〈稼ぐに追付く貧乏なし〉。　　　　　　　　（Ⅱ-7 サンチョ）

Muchos piensan que hay tocinos y no hay estacas
釘もないのに塩豚はあると思い勝ち

　早合点をする。　　　　　　　　　　　　　　　　（Ⅰ-25 サンチョ）

参照　Adonde se piensa que hay tocinos no hay estacas「塩豚がありそうなところに釘がない」、Donde hay estacas no hay tocinos「釘のあるところに塩豚がない」、Donde no hay tocinos no hay estacas「塩豚のないところに釘

はない」、No siempre hay tocinos donde hay estacas「釘のあるところに常に塩豚があるとは限らぬ」

Muchos pocos hacen un mucho
多くの僅かが多くを成す

　どんなに小さなものでも粗末にしてはいけない。あれほど小さな砂粒が広大な浜辺や砂漠を作り、細かい〈塵も積もれば山となる〉。どんなに小さな行いも軽んじてはいけない、という精神面にも適用。

(Ⅱ-7 サンチョ)

Muera Marta y muera harta
マルタ死ぬなら、満腹で死ぬもよし

　気まぐれから、不幸を招くような危険を犯す人たちのこと。また、物質的な困窮が自分に不利な決定を強いることがある、という意味でも用いられる。"Marta" と "harta" に "-arta" の同音韻。

(Ⅱ-59 サンチョ)

《N》

Nadie diga de esta agua no beberé
誰しも「この水飲まず」などと言うなかれ

　コレアス（Gonzalo Correas）によれば、世の中のことは巡り巡っているものであることを教える諺。明日に起こることは誰にも分からず、何時どこで誰の、または何の世話になるかも知れない。従って如何なる人や物をも軽視してはならず、自分には〈無用の長物〉であるなどと断言すべきではない。日本では〈無用の用〉がこれに類似。

　バストゥス（Joaquín Bastús）の "Sabiduría de las Naciones"（『民族の知識』、バルセロナ、1862）の中には、ある噴水の水を決して飲まないと常々広言していた酔っ払いが、ある日その水槽で溺死してしまったという逸話が紹介されている。

　現代スペイン語であれば、"la cacofonía"（耳障りな響）を避けるための文法的手法として、"esta agua" の部分は "este agua" と表記されるところか。

（Ⅱ - 55 サンチョ）

Nadie tienda más la pierna de cuanto fuera larga la sábana
シーツの長さ以上に脚を伸ばすな

　自分の能力以上のことを企てたり、抱え込んだり、引き受けたりしてはいけない。また持ち合わせ以上の支出も禁物。〈分相応が肝要〉、〈入るを量りて出ずるを為す〉。

（Ⅱ - 53 サンチョ）

Ni quito ni pongo rey
私は王を取り除くことも、置くこともしない

この後ろに "pero ayudo a mi señor"（しかし主人には手伝う）があり、自分に利益になると思われない限りは、自分にはどうでもいいことだと、物事の決定に積極的に関わろうとしない態度。カスティーリャの暴君ペドロⅠ世とその弟、庶子エンリケ・デ・トゥラスタマーラの戦闘に由来する。この争いでエンリケに仕えていたフランス人傭兵ベルトゥラン・ドゥゲスクリンが、王暗殺に加担の折使ったとされる。

(Ⅱ-60 サンチョ)

No arrojemos la soga tras el caldero
鍋を捨てたうえに、綱まで捨てるな

お祭りは平和裏に終えたいもの。喧嘩や言い争いは避けるべき。騒いでみても得るところはなく、損を重ねるだけ。　(Ⅱ-9 キホーテ)

参照 Arrojar la soga tras el caldero「井戸に釣瓶を落としたうえ、綱を投げ込む」

No con quién naces, sino con quién paces
どこに生まれるかではなく、どこで食するかである

人格形成に大きく影響するのはどこに生まれたかではなく、どんな人たちに囲まれてどんな環境に育つかである。〈生れつきより育てが第一〉、〈氏より育ち〉。"naces" と "paces" に "-aces" の同音韻。

(Ⅱ-10, 32, 68 サンチョ)

No es bien criar sierpes en el seno
懐中に蛇を育てるのはまずい

骨を折って面倒をみても挙句に痛い目にあう。〈恩を仇で返す〉、〈飼い犬に手を噛まれる〉。　　　　　　　　　　　　　　　　（Ⅱ-14）

[同類] Cría ciervos y te sacarán los ojos「烏を育ててごらん、両目をくり貫かれるから」、Criar la sierpe en el seno「懐中に蛇を育てる」

No es de estima lo que poco cuesta
労せず手にしたものは重視されない

労せずたやすく得たものを軽視しがちな、人の心理。
　　　　　　　　　　　　　　　　　　　　　　　　（Ⅰ-43 クララ）

[同類] Lo que cuesta poco, se estima en menos「労せず手にしたものは粗末にされがち」

No es la miel para la boca del asno
驢馬の口に蜂蜜は合わず

貴重な物を与えても、貰ってもその値打ちはまったく理解されない。繊細さに欠ける人には優しい心遣いも無駄。〈猫に小判〉、〈豚に真珠〉、〈犬に論語〉。　　　　　　　　　　（Ⅰ-52 サンチョ、Ⅱ-28 キホーテ）

No es mejor la fama del juez rigroso que la del compasivo
厳格な判事は、寛大な判事には勝てぬ

厳格すぎる正義よりも寛大な慈悲のほうがよい。自然な法の原則に従って憎悪を抑制し、好意の幅を広げるべきである。「疑わしきは罰せず」にも通じる理念。

(Ⅱ-42 キホーテ)

No es oro todo lo que reluce
光るものすべて黄金とは限らず

外観の立派なだけでは尊ぶに足りず、実質が伴ってはじめて価値がある。〈山高きが故に貴からず〉、〈人は見かけによらぬもの〉。

(Ⅱ-33 サンチョ)

[同類] No es todo oro lo que reluce「光るもの黄金に等しからず」

No es posible que esté continuo el arco armado
弓の弦は張りっぱなしというわけにはいかない

怒りや過激な言動は長続きしない。弓ならば矢が放たれるか弦が切れるかでけりがつく。

(Ⅰ-48 司祭)

No es todo oro lo que reluce
光るもの黄金に等しからず

同様の意味を持つラテン語の格言 "Non omne quod nited aurum est" からの翻訳であり、外見を信用し過ぎるのは禁物と教える。コレアス（Gonzalo Correas）の "Vocabulario de Refranes"（『ことわざ用語辞典』、17世紀初期）には "oro" と "todo" の位置が入れ替わったもの、さらには後半部分として "..., ni harina lo que blanquea"（白く見えるものが麦粉とも限らず）が加わったものも紹介されている。日本

の、〈山高きが故に貴からず〉、〈人は見かけによらぬもの〉、といったところ。 (Ⅱ-48 老女ドニャ・ロドリーゲス)

[同類] No es oro todo lo que reluce「光るものすべて黄金とは限らず」

No es un hombre más que otro si no hace más que otro
人並み以上のことをしなければ人に優ることはできない

樹木がその果実によって知られるなら、人は崇高で社会に役立つ行いをより多くした人がより評価される。"más que otro" の3語がそのまま繰り返され、同音韻を踏んでいる。 (Ⅰ-18 キホーテ)

No hallar nidos donde se piensa hallar pájaros
小鳥がいると思った所に、その巣も見つからない

期待外れ。〈何時も柳の下に泥鰌は居らぬ〉、〈当て事と越中は向うから外れる〉、〈もぬけの殻〉。 (Ⅱ-15 得業士に関する描写)

[同類] En los nidos de antaño no hay pájaros hogaño「昨年の巣に今年は鳥がいない」

No hay candados, guardas ni cerraduras que mejor guarden a una doncella que las del recato propio
生娘を守るためには、本人の慎み深さに優る番人も、錠前や閂もない

節度のない女性を守るのは、「広野に戸を立てる」(Poner puertas al campo) ほどに困難。 (Ⅰ-51 山羊飼いの若者)

No hay cosa donde no pique y deje de meter su cucharada
口を出さないような、口出しを差し控えるようなことは何もない

　これを使ってサンチョは、主人の優れた道徳的助言のことや騎士道書物からの知識のみに限らぬその博学ぶりに触れる。

（Ⅱ-22 サンチョ）

No hay cosa que más fatigue el corazón de los pobres que el hambre y la carestía
飢えと欠乏ほど貧しき者たちの心をさいなむものはない

　空腹と貧困は貧しい人たちを苛立たせ反抗させる。当局は扇動家たちによって民衆の怒りが爆発し革命を引き起こすような事態を避けなければならない。

（Ⅱ-51 キホーテ）

No hay estómago que sea un palmo mayor que otro
他人より手の平ひとつ分も大きな胃袋はない

　いくらお金を溜め込もうとしても高が知れている。欲の皮を張ってみても仕方がない。

（Ⅱ-33 サンチョ）

No hay regla sin excepción
例外のない規則はない

　一般的な規則があらゆる具体例をカバーできるものではなく、例外はつきものである。

（Ⅱ-18 ドン・ロレンソ）

No hay villano que guarde palabra que diere si no le conviene
自分に不都合となっても約束を守る悪党はいない

自分の利益・得にならないとみるや、平気で約束を反故にする。そんな打算的な人のことばを信じるのは軽率。〈掌を返す〉。

(Ⅰ-31 キホーテ)

No le harán creer otra cosa frailes descalzos
跣足僧たちでも彼に別の考え方をさせるのは無理

自分の思い込み、自分の考えに頑固で強情な人。

(Ⅰ-32 カルデーニオ)

No ocupa más palmos de tierra el cuerpo del Papa que el del sacristán
法王の体が香部屋係の体より余計に地面を占めるわけではない

死んでしまえば同じ。この世の地位など些細なこと。名誉や尊厳を揶揄。

(Ⅱ-33 サンチョ)

No pidas de grado lo que puedas tomar por fuerza
力ずくで手に入るものを、頭を下げて求めるにはおよばぬ

簡単に手に入るものを懇願するのは馬鹿げている、とは悪党の言い草。節度ある人が望みを叶えるために頼るのは暴力よりも請願で

あろう。 (Ⅰ-21 サンチョ)

No puede haber gracia donde no hay discreción
機知のないないところにユーモアはあり得ず

品位ある洒落には、繊細さや分別、タイミングが不可欠。

(Ⅱ-44 状況描写)

[同類] Las gracias y los donaires no asientan sobre ingenios toeprs「気の利いた洒落や冗談は愚鈍な頭に浮かばず」

No quiero estar a mercedes que lleguen tarde, mal o nunca
遅れたり少なかったり、全く貰えないような
あてがい扶持はまっぴらご免

口約束ではなく、具体的な報酬を要求する。 (Ⅱ-7 サンチョ)

No quiero perro con cencerro
鈴をつけた犬などまっぴらご免

物議をかもすようなものは受け取らないこと。 (Ⅰ-23 サンチョ)

No saber cuál es su mano derecha
どちらが自分の右手かも分からない

すっかりうろたえ萎縮した状態。 (Ⅰ-22 キホーテ)

No saber de la misa la media
まったく何も知らない

事情に通じていない。作品中では、ドン・キホーテがドロテーアの父に関して触れる下りに用いられる。 （Ⅰ-37 キホーテ）

No se dijo ni a tonta ni a sorda
ぐずとか耳の遠い女に言われたのではない

したがって事に取り掛からない口実を探すわけにはいかない。〈間髪を容れず〉速やかな対応が求められる。 （Ⅰ-6 状況描写）

No se ganó Zamora en una hora
サモーラは一時間にして落ちず

問題の解決が長引きもどかしさが募るばかり。困難な大事業を成すには長い期間が必要であることを教える。スペインの最も古い諺の一つ。マドリードから北西約275 km、ポルトガルとの国境に近いサモーラ市は1072年カトリック教徒がイスラム教徒から長い合戦の末に奪回した街である。特に「勇者」と呼ばれたカスティーリャ王、ドン・サンチョ2世が、姉ドーニャ・ウラカからサモーラを奪おうとして仕掛けた城攻めに対する必死の防戦が知られている。ベリード・ドルフォスの裏切りによる王の死後もその攻防戦は止まず、ドーニャ・ウラカが王子ドン・サンチョに代わる自分の弟アルフォンソ6世に降伏するまで続いた。

人によってはこれを "No se ganó Zamora en una hora, ni Roma se fundó luego toda"（サモーラは一時間にして落ちず、ローマも直ちには

成らず）とも言うが、その後半部分は "No se fundó Roma en un día"（ローマは一日にして成らず）として有名。日本の〈大器晩成〉、〈石の上にも三年〉などに通じる。

(Ⅱ-71 キホーテ)

No se ha de mentar la soga en casa del ahorcado
首吊りのあった家で、綱の話は禁物

機転の利かない言動や、折悪しき話題は避けること。"ha de mentar" に代わって "debe nombrar" とあっても同様。

(Ⅰ-25 サンチョ, 49 キホーテ)

No se toman truchas a bragas enjutas
ズボンを濡らさずに紅鱒は獲れない

虹鱒を獲るには川で腰まで水に浸からなければならないこともある。望みを遂げるには常に苦労が付きもの。〈身を捨ててこそ浮かぶ瀬もあり〉。

(Ⅱ-71 サンチョ)

No siempre hay tocinos donde hay estacas
釘のあるところに常に塩豚があるとは限らぬ

先入観、早合点、あるいは勘違い。

(Ⅱ-65 サンチョ)

参照 Adonde se piensan que hay tocinos no hay estacas「塩豚がありそうなところに釘がない」、Donde hay estacas no hay tocinos「釘のあるところに塩豚がない」、Donde no hay tocinos no hay estacas「塩豚のないところに釘はない」、Muchos piensan que hay tocinos y no hay estacas「釘もないのに塩豚はあると思い勝ち」

Nunca la lanza embotó la pluma, ni la pluma a la lanza
槍が筆をにぶらしたことはなく、筆も槍をにぶくしたことがない

　軍人という職業と文筆活動が相容れないわけではない。良い見本がセルバンテス。彼はレパントの海戦（1571）で身障者となるも、『エル・キホーテ』を刻むことによってその名を不滅のものとした。〈文武両道〉。
（Ⅰ-18 キホーテ）

Nunca lo bueno fue mucho
いいものが多過ぎたという話はあったためしがない

いいことは多いほど良い。
（Ⅰ-6 住職）

Nunca segundas partes fueron buenas
未だかつて後編によきものなし

　一度運よく成功を収めても、二度目が必ずしも上手くいくとは限らない。二度目が成功したためしはない、とも言えるほど、同じことを繰り返す危険性を暗示。冗談や洒落にも当てはまるとすれば、前編（1605）の10年後に後編を世に送り出したセルバンテスなかなかの洒落。
（Ⅱ-4 サンソン）

【O】

Ojos que no ven, corazón que no quiebra
目にしなければ心痛まず

　不幸には遭ってみないと分からない。それが家族や身近な人のことであれば胸が痛む。

　ところが見知らぬ人や地域に起きた不幸や災難に関しては割合に平静である。同じことが喜ばしい出来事の場合にも言える。"no quiebra" に "no llora"（泣かない）を当てても同じ。

　なおこれを、"A los idos y muertos, pocos amigos"（去りし者と死者には、友なし）に同類とする解釈もあるようであるが、この場合は日本の〈去る者日々に疎し〉に相当。　　　　　　　　　　　（Ⅱ- 67 サンチョ）

O somos o no somos
いずれにしろ

　「是か非か、どっち？」、「するの？しないの？」など、文脈によって日本語訳はさまざまとなるが、何れにしろはっきりした意思表示、態度の表明が必要なときに用いる。　　　　　　（Ⅱ- 49 サンチョ）

❰P❱

Paciencia y barajar
耐えてトランプを切り直す

　物事が思うように運ばないときは、耐えてなり行きを見守るのも一策。〈果報は寝て待て〉。結果が悪く出た場合はまたやり直し、続ければよい。

(Ⅱ-23 ドゥランダールテ)

Pagar justos por pecadores
正しき者が罪人の償いをする

　一部の不心得者のために正直者が迷惑をこうむることがある。革命や戦争などで一般市民が巻き添えを食う場合などにも当てはまる。

(Ⅰ-7、Ⅱ-57 アルティシドーラ)

Para dar y tener, seso es menester
与えるにも蓄えるにも必要なるは思慮

　賢く溜めて控えめな提供。貯蓄には思慮分別が欠かせない。"tener"と"menester"に"-er"の同音韻。　　　　(Ⅱ-58 サンチョ)

[同類] El dar y el tener, seso ha menester「与えるにも貯えるにも思慮が肝心」

Para remediar desdichas del cielo, poco suelen valer los bienes de fortuna
天の与えし様々の不幸に対しては、この世の富の力なぞおよそ微々たるもの

失われた愛をお金で取り戻すことは出来ず、黄金で喜びを買うことも出来ない。 （Ⅰ-24 カルデニオ）

Para todo hay remedio, si no es para la muerte
死は別にして、万事に策あり

諦めることはない、何とかなる。 （Ⅱ-43 サンチョ）

[同類] Todas las cosas tienen remedio, si no es la muerte「死を除けば、どんなことにも救いの手立てはある」、Hasta la muerte todo es vida「人間死ぬまでまさに人生」

Pasar por sirtes y por Scilas y Caribdis
数々の浅瀬やスキラ、カリブディスをこえる

善きにつけ悪しきにつけ似たような両者の二者択一を迫られる状況下に陥る。スキラは大岩、カリブディスは渦巻きを指し、いずれもシチリア島メッシナ海峡にある暗礁。昔の航海者にとっての大難所であった。 （Ⅰ-37 キホーテ）

Pedir cotufas en el golfo
海に菊芋を求める

不可能なことを望む、企む。　　　　　　　　（Ⅰ-30、Ⅱ-3, 20 サンチョ）

[同類] Pedir peras al olmo「楡の木に梨を求める」

Pedir peras al olmo
楡の木に梨を求める

不可能なことを望む、企む。

（Ⅰ-22 ヒネス・デ・パサモンテ、Ⅱ-40 サンチョ、52 老女）

[同類] Pedir cotufas en el golfo「海に菊芋を求める」

Peor es menearlo
そのことには触れぬ方がよい

不愉快なことの蒸し返しや、無理な言い逃れは慎むべき。

（Ⅰ-20 キホーテ）

Podría ser que salieran algún día en la colada las manchas que se hicieron en la venta
旅籠での所業の数々、いずれ露見する日もありましょう

悪業はいずれ人に知られる。　　　　　　　　（Ⅰ-22 パサモンテ）

Poner puertas al campo
広野に戸を立てる

無理なことをやろうとする。（= hacer lo imposible）。〈二階から目

薬〉。 (Ⅱ-55 キホーテ)

Poner sobre el cuerno de la luna
三日月の先端に掲げる

最大の賞賛をすること。褒め称えること。できるだけ高く（= lo más alto posible）。ドニャ・ロドリーゲスにとっては、郷士たる者は誰であれご婦人方に対する最大級の敬意を忘れてはならない。

(Ⅱ-33 ドニャ・ロドリーゲス)

Poner una venda en los ojos
眼に包帯を巻く

真実を見ようとしない。客観的に見られなくする。判断力を失わせる。 (Ⅰ-序文)

Pon lo tuyo en consejo y unos dirán que es blanco y otros que es negro
君のことを相談してごらん、白いとか黒いとか人は言う

人は好き勝手に無責任なことを言う。 (Ⅱ-36 サンチョ)

Ponme el dedo en la boca y verás si aprieto o no
私の指を口に含ませて下さい、しゃぶるかどうか分かりますよ

馬鹿ではないので指をしゃぶることはしませんよ、と言う。

同類 Llegaos, que me mamo el dedo「私が指をしゃぶるかどうか、こっちに来てご覧あれ」

Por el hilo se saca el ovillo
糸をたぐって糸玉を引き当てる

小さな糸口から事の詳細、全貌が明らかになる。"hilo" と "ovillo" に "-i-o" の類音韻。　　　（Ⅰ-4 商人, 23, 30 サンチョ、Ⅱ-12 キホーテ）

Por los cerros de Úbeda
ウベダの山を求めて

何の関わりもない、知ったことではない。不完全な。非常識な。実際にはハエン県ウベダの町に山は存在しない。

（Ⅱ-33 サンチョ, 43 キホーテ, 57 サンチョ）

Por su mal le nacieron alas a la hormiga
蟻に羽が生えたのが不幸の始まり

分不相応。一見利点に思えることが実際は不幸だけをもたらすことがある。サンチョは、夢である島の領主となるよりも、現在のドン・キホーテの従士である方が多分幸せになれるだろう、と考える。

（Ⅱ-33 サンチョ）

Predicar en desierto y majar en hierro frío
砂漠で説教をし、冷えた鉄を打つ

　何の成果も期待できない無益なことをする。無駄なこと。日本の〈馬の耳に念仏〉に相当し、〈馬耳東風〉にも通じる。後半の "Majar en hierro fría"（冷えた鉄を打つ）のみでもよく使われる。〈鉄は熱いうちに打て〉と言いたいところ。 　　　　　（Ⅱ- 6 状況描写, 29, 67 キホーテ）

Pues Dios se la da, San Pedro se la bendiga
神がお与えになったのだから、聖ペドロも祝福してくれよう

　与えられた仕事には最善を尽くしなさい。キホーテはこれを、トシーロスとドニャ・ロドリーゲスの娘の結婚話の下りで、人は状況の成り行きに順応した行動を取るべきだ、という意味合いに用いている。 　　　　　　　　　　　　　　　　　　　　　　（Ⅱ- 56 キホーテ）

[同類] A quien Dios se la dé, San Pedro se la bendiga「神のご加護ある者に、聖ペドロの祝福あれ」

【Q】

Quien a buen árbol se arrima, buena sombra le cobija
立派な樹に身を寄せる人を良い蔭が被う

〈寄らば大樹の蔭〉。"arrima" と "cobija" に "-i-a" の類音韻。

(Ⅱ-32 サンチョ)

参照 El que a buen árbol se arrima, buena sombra le cobija「立派な樹に身を寄せる人を陰が被う」

Quien bien tiene y mal escoge, por bien que se enoja no se venga
いいものを持ちながら、つまらないものを取る人は、後にいくら腹を立てても仕方なし

気まぐれな夢を追い、確かな幸福を軽視する者を叱る。

(Ⅰ-31 サンチョ)

Quien busca el peligro perece en él
危険を求めるものは危険で死ぬ

無鉄砲、向こう見ずを叱る聖書のことば。神に奇跡を起こす義務はない。危険を求めておきながらそこへの転落を避けたいとするは、奇跡を要求すること。〈飛んで火に入る夏の虫〉。

(Ⅰ-20 サンチョ)

Quien canta, sus males espanta
歌う人は憂さを払う

辛いこと、悲しい出来事があってもくじけたりせず、前向きの姿勢を忘れるなと教える。
〈笑う門には福来る〉。"canta" と "espanta" に "-anta" の同音韻。

(Ⅰ-22 キホーテ)

Quien destaja no baraja
契約する人はカードをごちゃまぜにしない

後々揉めることのないよう〈あとの喧嘩先でする〉ことも含め、契約に必要とされる正確さと明確さを説く。書付はものを言うが口約束は当てにならない、の意。また相容れない二つのことを同時にすることは不可能、という意味にも使う。"destaja" と "baraja" に "-aja" の同音韻。

(Ⅱ-7 サンチョ)

参照 Hablen cartas y callen barbas「文書が話して顎ひげは口を閉じなさい」

Quien está ausente, todos los males tiene y teme
この場にいない者は、疑心暗鬼を生じ不安になる

恋する者の不安な心理状態。"ausente" と "teme" に "-e-e" の類音韻。

(Ⅰ-25 キホーテ)

Quien ha infierno, nula es retencio
地獄にあってはあがないも無効

もはや手遅れ、なす術はなし。然るべき時に手を打たず、手遅れの状態になってからあれこれ策を労してみても始まらない。〈後の祭〉、〈後悔先に立たず〉。 （Ⅰ- 25 サンチョ）

[同類] Al burro muerto, la cebada al robo「死んだロバの尾に大麦」

Quien las sabe, las tañe
鐘を叩くのは、それが出来る人に任せればよい

知らないことには口を挟むな、手を出すな。〈餅は餅屋〉。

（Ⅱ- 59 サンチョ）

Quien te cubre te descubre
おのれを隠すものは、おのれをさらけ出す

教養のある人か否か、本当のところはじきに分かる。いずれ〈お里が知れる〉、〈化の皮をあらわす〉、〈馬脚をあらわす〉。テレサは島の領主になりたいという夫サンチョの願いに抵抗してこれを使う。"cubre" と "descubre" に "-ubre" の同音韻。 （Ⅱ- 5 テレサ）

Quien te da el hueso, no te querrá ver muerto
君に果物の種でもくれる人は、死んだ君など見たくない

たとえ些細な援助でもしてくれる人は、助けた人の不幸を見たが

らない。"hueso" と "muerto" に "-ue-o" の類音韻。　（Ⅱ-50 公爵夫人）

Quien tenga hogazas, no busque tortas
大きなパンを持っている人は、パイケーキなど探さぬがよい

僅かなもののために大切なものを手放さぬがよい。（Ⅱ-13 森の従士）

Quien yerra y se enmienda, a Dios se encomienda
過ちを犯して悔い改める者を、神は許し給う

素直に反省する心が大切。"enmienda" と "encomienda" に "-ienda" の同音韻。
（Ⅱ-28 サンチョ）

Quitada la causa se quita el pecado
元を断てば罪は失せる

原因を取り除けば問題は解決。　（Ⅱ-67 サンチョ）

《R》

Regostóse la vieja a los bledos, no dejó verdes ni secos
ほうれん草に目がない婆さんは、青葉も枯葉も残さない

　最初は興味を示さなかった人が、一度味をしめると、後には過度に執着するようになる。
　"bledos" と "secos" に "-e-os" の類音韻。　　　　　　　（Ⅱ-69 サンチョ）

Ruin sea quien por ruin se tiene
自らを卑しいと思う者は卑しい

　自分を卑下する人が他人から良く思われることは期待できない。
　　　　　　　　　　　　　　　　　　　　　　　　　　（Ⅰ-21 キホーテ）

❰S❱

Saber con cuántas entra la romana
いかに竿秤を合わせるかを知る

いかに帳尻を合わせるかを知る。たとえ不愉快なことでも人には真実を言うべきであり、それがよき戒めともなる。

(Ⅱ-49 喧嘩の相手方)

Saber dónde aprieta el zapato
靴のどこが窮屈かを知っている

他人の弱点を知る、あるいは自分の立場をわきまえる。また、自分に関係のない分野を理解するのは困難だという例えにも用いられる。その場合は〈門外漢〉ともなろうか。

(Ⅰ-32 宿の亭主、Ⅱ-33 サンチョ)

参照 Del pie que cojea「痛めた足のこと」

Saber un punto más que el diablo
悪魔より少しばかり利口

悪魔の上前を撥ねるくらいともなれば相当なもの。大いに物知り。

(Ⅱ-23 モンテシーノス)

> **Según siente Celesti- Libro en mi opinión divi**
> **- Si encubriera más lo huma -**
> 『セレスティーナ』も言うように、完璧な書とおいらには思える、
> 人間くささをもう少し押さえれば

文化遺産ともなったセルバンテスのことばの一つ。『セレスティーナ』は人間の「俗」の側面を過ぎるほどあからさまにする。

（Ⅰ- 出しゃばり詩人ドノソがサンチョ・パンサとロシナンテに寄せる詩句）

> **Se les hielen las migas entre la boca y la mano**
> 食べ物が手から口へ持っていく間に冷たくなる

どうしてよいか分からず、うろたえ萎縮する。　（Ⅰ- 22 キホーテ）

> **Se me han podrido más de cuatro cosas en el estómago**
> 腹の中で四つも五つも腐っている

言いたいことを言う余地がなかった。言えなかった。

（Ⅰ- 21 サンチョ）

> **Señalar con piedra blanca**
> 白い石で飾る

幸運の日、めでたい日。作品中では、提督がドン・キホーテに会えた日を生涯最良の日とする。　（Ⅱ- 63 提督）

Señor de su casa, como el Rey de sus alcabalas
自分の家では、国王が課税主のごとく

好き勝手ができる。〈内弁慶の外地蔵〉。 （Ⅰ-序文、Ⅱ-32 キホーテ）

Ser el sastre del cantillo
小石の仕立屋になる

無料で、さらに経費まで負担して奉仕する人。〈骨折損の草臥儲け〉。
（Ⅰ-48 役僧）

Ser la vaca de la boda
婚礼祝いの牝牛になる

闘牛には本来雄牛を使うが、いなかの婚礼でわざと牝牛を使って賑やかにした風習から、いい笑いものになる、という意味に使われるようになった。
（Ⅱ-69 サンチョ）

Ser mejor no menear el arroz, aunque se pegue
たとえ米が焦げついてもそっとしておく方がよい

たとえ何らかの損失が生じるとしても詮索せずそのままにしておく方がよい。
（Ⅱ-37 サンチョ）

Si al ciego guía otro ciego, ambos van a peligro de caer en el hoyo
盲人が盲人の手を引けば、二人とも穴に落ちる危険にさらされる

他人を信用し過ぎてはいけない。悪党に操られてはいけない。

(Ⅱ-13 森の従士)

Si al palomar no le falta cebo, no le faltarán palomas
鳩舎に餌があれば鳩にこと欠かない

利益があるところには必ず人が寄ってくる。　　　(Ⅱ-7 キホーテ)

Si bien canta el abad, no le va en zaga el monacillo
神父が上手に歌えば、小坊主それに引けを取らず

弟子が師を超えることの例え。〈門前の小僧習わぬ経を読む〉、〈藍より青し〉。

(Ⅱ-25 サンチョ)

Si da el cántaro en la piedra, o la piedra en el cántaro, mal para el cántaro
壺と石がぶつかれば、痛い目にあうのは壺

自分より力のある者と争うのは考えもの。勝ち目も無く、ひどい目にあうだけ。

(Ⅱ-43 サンチョ)

Siempre las desdichas persiguen al buen ingenio
優れた才知はつねに不運に迫害される

徳や才能に恵まれた者は迫害を受けやすい。〈出る杭は打たれる〉。

(Ⅰ-22 ヒネス)

Si en seco hago esto, ¿qué hiciera en mojado?
理由もなくこれだけのことをするなら、
訳があればどれだけのことをするだろう

前半の動詞 "hacer" が1人称単数形であるところから〈自画自賛〉的な内容とも理解できるが、実際は単に明確な動機や誘因の介在なしに着手される行為を指すようである。前半の "seco"（乾いた）と後半の "mojado"（湿った）に意味上の対比も遊ばせている。

(Ⅰ-25 キホーテ)

Si os duele la cabeza, untaos las rodillas
頭痛なら両膝に軟膏

効くはずもない。効能は現れない。まったく無関係な二つの件の一方を用いて他のもう一方を説明することはできない。わが国でも内容は異なるが〈眉に唾をつける〉という言い草がある。

(Ⅱ-67 サンチョ)

Sobre un huevo pone la gallina
雌鶏は卵のあるところに卵を産む

何かを為すためには刺激が肝要。 （Ⅱ-7 サンチョ）

Sólo se vence a la pasión amorosa con huirla
恋の情熱に打ち勝つには逃げるより他に手はない

遠く離れ住むことのみが愛の炎を消し得る。 （Ⅰ-34 状況描写）

Soltar al lobo entre las ovejas, a la raposa entre las gallinas y a la mosca entre la miel
狼を羊の群れに、狐を鶏の中に、蠅を蜜の中に放つ

悪辣な行為を実施する。 （Ⅰ-29 司祭）

Su San Martín le llegará, como a cada puerco
どの豚にもあるように、あの人にもサン・マルティンの日が訪れる

サン・マルティンの祝日は11月11日。ちょうど豚の屠殺期に入る頃。徒食の付けは必ず回ってくる。〈坐して食えば山も空し〉。悪徳で栄えた者には必ず裁かれる日が来る。〈栄枯盛衰〉、〈栄華あれば必ず憔悴あり〉、〈盛者必衰〉。 （Ⅱ-62 キホーテ）

[同類] A cada puerco le llega su San Martín「それぞれの豚にサン・マルティンの日がやって来る」

【T】

Tal el tiempo, tal el tiento
時にふさわしい対応

〈臨機応変〉。後編第55章でサンチョが使う "Cual el tiempo, tal el tiento" に等しい。

"tiempo" と "tiento" に "-ie-o" の類音韻。　　　　　　　　（Ⅱ-50 テレサ）

Tan buen pan hacen aquí como en Francia
ここでもフランスに負けない美味いパンができる

いいものはどこにでもある。見方次第という一面もある。〈物は考えよう〉。

　　　　　　　　　　　　　　　　　　　　　　　　　　　（Ⅱ-33 サンチョ）

Tan presto se va el cordero como el carnero
仔羊も親羊と同じように素早い

違いを明示しなければ、皆同じに見える。"cordero" と "cardero" に "-ero" の同音韻。　　　　　　　　　　　　　　　　　（Ⅱ-7 サンチョ）

Tantas veces va el cantarillo a la fuente, al fin se rompe
水瓶もあまりに頻繁に泉に行けば、ついには壊れる

頻繁に危険に身をさらしていれば、そのうち不幸な結果を招くことにもなる。　　　　　　　　　　　　　　　　　（Ⅰ-30 キホーテ）

Tanto se pierde por carta de más como por carta de menos
カードの数が大きすぎても、また小さすぎても負ける

不足も過剰同様よろしくない。〈過ぎたるは猶及ばざるが如し〉。
　　　　　　　　　　　　　　　　　　　　　　（Ⅱ-37 サンチョ）

Tanto vales cuanto tienes, y tanto tienes cuanto vales
君の値打ちは財産次第、多いほど値打ちも上がる

人の真価が物質的な富によって測られる側面はある。
　　　　　　　　　　　　　　　　　　　　　　（Ⅱ-20 サンチョ）

Tener dineros en mitad del golfo
大海の真ん中で金を持っている

使いようがなく、何の役にも立たない。〈宝の持ち腐れ〉。
　　　　　　　　　　　　　　　　　　　　　　（Ⅰ-22 徒刑囚）

Tener la mira sobre el hito
ねらいをつける

目標を定める。勝ろうとする、優位に立とうとする。
　　　　　　　　　　　　　　　　　（Ⅱ-70 アルティシドーラ）

Tener más cuartos que un real
1レアル硬貨よりも多くの蹄割れがある

キホーテがやせ馬ロシナンテの検分に馬小屋におもむいた折の描写。
（Ⅰ-1 ロシナンテに関する描写）

Tener más tachas que el caballo de Gonela
ゴネラの馬よりもひどい傷だらけである

道化役ゴネラの馬は「全身これ皮と骨ばかり」と言われた。キホーテが駄馬ロシナンテを検分に馬小屋におもむいた折の描写。
（Ⅰ-1 ロシナンテに関する描写）

Tener unas sombras y lejos de cristiana
本来のキリスト教徒らしいところをとどめている

それらしく見える。"sombras y lejos" は画法における「陰影」と「遠近」。
（Ⅰ-17 マリトルネスに関する描写）

Ténganos el pie al herrar, y verá del que cosqueamos
蹄鉄を打つとき足を手に取ってみれば、どっちの足が悪いか分かる

常につき合っていれば、その人がどんなものか分かる。
（Ⅱ-4 サンチョ）

Tirar piedras al tejado del vecino, teniendo el suyo de vidrio
自分の屋根もガラスなのに、隣人のガラス屋根に石を投げる

　自分のことを棚にあげて、他人のことをとやかく言う愚かさ。誰しも伏せておきたい事、触れられたくない事はあるものである。他人のあら捜しはやめてそっとしておこう。〈叩けば埃が出る〉だろうし、〈天に唾す〉るが如く仕返しを受けて、〈薮蛇〉ともなりかねない。
（Ⅰ‑序文）

Todas las cosas tienen remedio, si no es la muerte
死を除けば、どんなことにも救いの手立てはある

　諦めることはない。　　　　　　　　　　　　　　　（Ⅱ‑10 サンチョ）
[同類] Hasta la muerte todo es vida「人間死ぬまでまさに人生」、Para todo hay remedio, si no es para la muerte「死は別にして、万事に策あり」

Todo saldrá en la colada
いずれ万事露見する

　すべてが明らかとなる。ばれる。露見する。（Ⅰ‑20、Ⅱ‑36 サンチョ）

Tomar la ocasión por la melena
好機にはその前髪を掴む

　「機会」が前髪一房だけの禿げ頭として描かれるところから、「少

ないチャンスを逃すな」の意味。　　　　　　　　（Ⅱ-31 サンチョに関する描写）

Tras la cruz está el diablo
十字架の後ろに悪魔が潜む

　立派な外見の裏に邪心あり。〈外面如菩薩、内面如夜叉〉。後編第33章でサンチョ、同第47章で給仕頭が使う"Detrás de la cruz está el diablo"（十字架の後ろに悪魔が潜む）に等しい。　　　　　　（Ⅰ-6 住職）

Tripas llevan pies, que no pies tripas
腹が足を運ぶのであり、足が腹を満たすのではない

　何よりも必要性の充足が優先される。空腹や不満、あるいは何らかの不安、苦痛を抱えていては働きにも限界がある。心身ともに充実した健康に恵まれてこそ初めて仕事にも身が入ろうというもの。サンチョは、自分がしかるべく島を統治しようという意思表示にこれを引用する。〈花より団子〉、〈腹が減っては戦ができぬ〉、〈腹ペコのぷりぷり〉。　　　　　　　　　　　　　　　　　　　（Ⅱ-73 サンチョ）

[同類] Tripas llevan corazón, que no corazón tripas（Ⅱ-47 サンチョ）「腹が気力を生むのであり、気力が腹を満たすのではない」

関連：De la panza sale danza「ほてい腹から踊りが出る」

【U】

Una golondrina sola no hace verano
燕一羽で夏にはならず

僅か一つの事例で、法や規則が作られるわけではない。早合点は禁物。　　　　　　　　　　　　　　　　　　　　　（Ⅰ - 13 キホーテ）

Un asno cargado de oro, sube ligero por una montaña
黄金を背にした驢馬は楽々と山を登る

お金は大きな困難を克服する力ともなる。　　　（Ⅱ - 35 サンチョ）

Un buen corazón quebranta mala ventura
不屈の精神は不運を打ち破る

不屈の精神が逆境を打ち破る。冒頭の "Un" を落としても同じ。〈精神一到何事か成らざらん〉　　　　　　　　　　（Ⅱ - 35 公爵夫人）

Un diablo parece a otro
悪魔と悪魔はそっくり

似たもの同士。〈瓜二つ〉。　　　　　　　　　　（Ⅰ - 31 サンチョ）

参照　Cada cosa engendra a su semejante「似れば似るもの」

Un mal llama a otro
不幸が不幸を呼ぶ

　不幸は往々にして単独ではやってこない。〈泣き面に蜂〉、〈一難去って又一難〉、〈虎口を逃れて竜穴に入る〉、〈弱り目に祟り目〉。

(Ⅰ-28 ドロテーア)

参照　Bien vengas mal si vienes solo 「禍よ、単独で来るなら歓迎もしよう」

『ドン・キホーテ』のキャラクターたち

14　**ドゥルシネーア・デル・トボーソ Dulcinea del Toboso**：ドン・キホーテの思い姫。騎士道物語の読みすぎで正気を失い、自分が世の中の悪と不正を取り除く遍歴の騎士になろうと決心をした主人公は、騎士には献身的な奉仕と清らかな愛を捧げる貴婦人を持つ慣わしがあることを思い出し、若い頃ひそかに恋心を抱いていた近隣の娘アルドンサ・ロレンソを思い姫にすることを決める。それに相応しい名前として「ドゥルシネーア」、そこに彼女の出身村トボーソを加えて「トボーソのドゥルシネーア」と命名する。セルバンテスは『ドン・キホーテ』の真の作者はアラビアの歴史家シデ・ハメーテ・ベネンヘーリであり、自分は第二の作者だという手法を取る。この娘に関して、シデ・ハメーテ・ベネンヘーリはノートの欄外に「アルドンサは豚を塩漬けにすることにかけては、マンチャ地方のいかなる女性よりも腕利き」と注記している。またサンチョの言葉を借りれば「村中で一番力のある若い衆に負けねえほど遠くに鉄棒を投げ飛ばす娘」らしい。しかしドン・キホーテにとっては「生国はラ・マンチャ地方の一村、エル・トボーソで、そのご身分は拙者が女王とも君主とも仰ぐ方であってみれば、少なくとも王家の血を引いておられるはずでござる。またその美しさときたら、とてもこの世のものとは思われぬが…」となる。こよなき美の化身として、冒険に立ち向かう折あるいは窮地に陥りたる折の心の支えとしてドン・キホーテが思いを巡らす女性。

〖V〗

Venir como anillo al dedo
指輪が指にすっぽりとはまる

おあつらえ向きである。ぴったり合う。ちょうど良いときに。
(Ⅰ-10 キホーテ, 20 サンチョ, 67 キホーテ)

[同類] Como anillo al dedo「指に指輪のごとく」

Viose el perro en bragas de cerro
麻の半ズボンをはいた犬は…

昔の仲間に知らぬ顔。社会的に出世した者がかつての同僚を軽視すること。"perro" と "cerro" に "-erro" の同音韻。 (Ⅱ-50 サンチョ)

Viva la gallina, aunque sea con su pepita
たとえ舌に腫れ物ができても、雌鶏生きるべし

命は何ものにも優先されるべき、と強調する。たとえ不都合や病気があっても、命や財産はいいもの。〈命あっての物種〉。"gallina" と "pepita" に "-i-a" の類音韻。 (Ⅱ-5 テレサ, 65 サンチョ)

【Y】

Ya está duro el alcacel para zampoñas
もう麦笛を作るには茎が固すぎる

年齢相応の行動をとるべき。〈年寄りの冷水〉。(Ⅱ - 73 キホーテの姪)

『ドン・キホーテ』のキャラクターたち

⑮ **家政婦 Ama**：ドン・キホーテの姪アントニア・キハーナと共に主人公の家に暮らしている。主人の身に起きた不幸を、その旅に同行した従者のせいだとしてサンチョを嫌う。ドン・キホーテの病気を泣いて悲しむが、その遺言書に、自分が仕えた年月に相当する給金と衣装代を与えるとあることを知ると、祝杯をあげる。

⑯ **ドニャ・ロドリーゲス Doña Rodríguez**：アストゥリアス地方出身で、公爵夫人お付きの老いた未亡人。サンチョ・パンサといがみ合う仲となる。大金持ちの百姓の息子に弄ばれた娘の不幸をドン・キホーテに打ち明け、助けを求める。物語を通して真剣にドン・キホーテに助けを求めた唯一の人物。

⑰ **アルティシドーラ Altisidora**：公爵夫人の侍女で、推定年齢14歳の娘。ドン・キホーテの人となりを面白おかしく皮肉る。後編第64章でドン・キホーテをからかい、愛の歌を捧げる。著者セルバンテスは、アルティシドーラと公爵夫人のドン・キホーテに対する誘惑を描くことで、下流社会を愚弄する道徳的に退廃した貴族社会を批判する。

第 II 章

慣用句

山崎信三 編

A

A brazo partido
　素手で、腕力で、全力で。(武器を使わない争い・喧嘩)　　　　(Ⅱ-60)

Abrid el ojo
　目をしっかり開けて、ご用心あれ。(しっかり見届ける)　　　　(Ⅱ-47)

Abrirse las carnes
　心臓が止まるほど驚く。　　　　(Ⅰ-52, Ⅱ-35)

A buenas noches
　「はい、お休みなさい・それまでよ」。(ろうそくの明かりが消えて真っ暗になったとき、失明したとき、交渉が決裂したとき、などに用いる)　　　　(Ⅱ-33)

A buen seguro
　きっと(〜だろう)。
　　　　(Ⅰ-13, 15, 31, Ⅱ-3, 6, 12, 24, 26, 32, 36, 42, 55, 57, 66)

A bulto
　大ざっぱに、だいたい目見当で、いい加減に。　(Ⅰ-16, 30, 46)

Acabar en un punto
　問題の核心・ポイントを突く。　　　　(Ⅰ-24)

A cabo de poca pieza
　ほんの暫くして。　　　　(Ⅰ-7)

A cabo de rato
　突然に、不意に、すぐに、少し後で。　　　　(Ⅰ-22, 30)

A cada paso
　絶えず、いつも、行く先々で。　(Ⅰ-12, 31, 37, 40, 43, 45,
　Ⅱ-5, 11, 12, 13, 17, 18, 23, 25, 27, 29, 35, 37, 43, 50, 51, 55, 60, 72, 73)

A cada triquete
　絶えず、ひっきりなしに、繰り返し、たびたび。(= a cada trique; a

cada momento)　　　　　　　　　　　　　　　　　（Ⅱ - 18, 33）

A campana herida
急を・非常を告げる鐘。　　　　　　　　　　　　　（Ⅰ - 22, Ⅱ - 6）

A campana tañida
鐘の音に誘われて。　　　　　　　　　　　　　　　　　（Ⅱ - 64）

A campo abierto y al cielo claro
晴れ晴れとした野に、清廉潔白のごとく。　　　　　　（Ⅱ - 序文）

A carga cerrada
一括して、まとめて、大ざっぱに、だいたい目見当で、いい加減に、適当に、何がどれくらい入って・含まれているかも知らずに。

　　　　　　　　　　　　　　　　　　　　　　　　（Ⅰ - 6, Ⅱ - 58）

A coche acá, cinchado
腹帯を付けられた豚のように。　　　　　　　　　　　　（Ⅱ - 8）

A cuestas
背負って、責任を持って。　　　　　　　　　　　　　　（Ⅱ - 66）

Aderézame esas medidas
何とかならないものかね。　　　　　　　　　　　　　　（Ⅱ - 50）

A deshora
思いがけなく、出し抜けに、時ならぬ時に、とんでもない時（間）に、いつもとは違う時間に、たいへん遅い時間に、突然に。（= de improviso）　　（Ⅰ - 20, 23, 24, 40, 50, 52, Ⅱ - 32, 34, 36, 41, 52, 57, 58, 68）

A deshoras
参照：a deshora　　　　　　　　　　　　　　　　　　（Ⅰ - 11）

A dicha
幸い、運良く。　　　　　　　　　　　　　　　　　　　（Ⅰ - 34）

Adiós, que me mudo
「さらば、所移ります」。（おどけた滑稽な別れ）　　　　（Ⅰ - 25）

A Dios, y veámonos, como dijo un ciego a otro
盲人が盲人に言いました「ではまたお目に掛かりましょう」。

　　　　　　　　　　　　　　　　　　　　　　　　　　（Ⅰ - 50）

Adóbame esos candiles
たまげた、あきれた、信じられない。(= ¡Qué barbaridad!) （Ⅰ - 47）

¿Adónde bueno?
「おや、どちらへ」。 （Ⅱ - 24, 72）

A dos manos
喜んで、進んで、がつがつと。 （Ⅰ - 17）

A duras penas
やっと、かろうじて。 （Ⅰ - 21）

A esta sazón
折り良く、タイミング良く、この好機に。 （Ⅰ - 30）

A este punto
このとき。 （Ⅰ - 30, 43）

Afirmar el pie llano
足をしっかり地に着ける。 （Ⅱ - 6）

A furto
こっそりと、ひそかに、陰で。(= en secreto) （Ⅰ - 16）

参照：a hurtas cordel; a hurto

Aguar el contento
喜びに水を差す、台無しにする。 （Ⅰ - 20）

Aguas mayores o menores
大便あるいは小便。 （Ⅰ - 48）

Ahí está el toque
そこが肝心な点だ。 （Ⅰ - 16, Ⅱ - 2）

¡Ahora lo veredes, dijo Agrajes!
「目にもの見せてくれようぞ」とアグラッヘス。 （Ⅰ - 8）

A hora y tiempo
その刻限と頃合いに。 （Ⅰ - 23）

A humo de pajas
軽々しく。 （Ⅰ - 10）

A hurtas cordel
　こっそりと、ひそかに、内緒で。(= a hurtadillas)　　　　　　　　　（Ⅱ - 32）

A hurto
　参照：a hurtas cordel　　　　　　　　　（Ⅰ - 24, 43, 46, Ⅱ - 60, 62）

A la buena ventura
　無計画に、成り行きまかせに、でたらめに、無作為に。　（Ⅰ - 22, 46）

A la clara
　明瞭に、あからさまに。(= a las claras)　　　　　　　　　（Ⅰ - 序文, 34）

A la hora de ahora
　いま現在、ちょうど今ごろ。　　　　　　　　　　　　　　　（Ⅰ - 12, 49）

A la jineta
　鐙を短くして、膝を曲げて。　　　　　　　　　　　　　　　　　（Ⅰ - 36）

A la llana
　飾らずに、気取らずに、素直に。　　　　　　　　　（Ⅰ - 序文, Ⅱ - 62）

A la llana y sin rodeos
　単刀直入に。〈単刀直入〉　　　　　　　　　　　　　　　　　　（Ⅱ - 38）

A la mano de Dios
　神の思し召ししだい。　　　　　　　（Ⅰ - 8, 46, 47, Ⅱ - 22, 35, 64, 71）

A la paz de Dios
　さよなら、ごめんください。　　　　　　　　　　　　　　　　（Ⅱ - 53）

A la redonda
　周囲に、周辺に。　　　　　　　　　　　　（Ⅰ - 11, 12, 13, 22, Ⅱ - 53）

A las derechas
　完全に、見事に。(= a carta cabal)　　　　　　　　　　　　　（Ⅰ - 12）

A las diez o a las veinte
　10レグアか20レグア（の距離）まで。　　　　　　　　　（Ⅱ - 献辞）

A las mil lindezas
　すばらしく、見事に、申し分なく。(= a las mil maravillas)　（Ⅰ - 21）

A las primeras
　突然、出し抜けに、いきなり。　　　　　　　　　　　　　　　（Ⅰ - 15）

A la ventura
　無計画に、成り行きまかせに、でたらめに、無作為に。　　　　（Ⅰ - 21）

Al cabo al cabo
　結局、最終的に、ついに、とうとう。(= muy a la postre)

（Ⅰ - 8, 18, 20, Ⅱ - 59）

Al cabo del mundo
　地の果て。　　　　　　　　　　　　　　　　　　　　　　　（Ⅰ - 30）

Al cabo de un buen espacio
　かなりの間、かなり経って。　　　　　　　　　　　　　　　（Ⅰ - 36）

Al cielo abierto
　野外で、屋外で。　　　　　　　　　　　　　（Ⅰ - 13, Ⅱ - 11, 28, 71）

Al cielo raso
　野天のもとで、青天下で。　　　　　　　　　　　　　　　　（Ⅱ - 66）

Alegrársele los espíritus
　その人の意気が高まる。　　　　　　　　　　　　　　　　　（Ⅱ - 8）

Al estricote
　引きずり回す、虐待する。(= a mal traer)

（Ⅰ - ドン・ベリアニスのソネット, Ⅱ - 8）

Algún quienquiera
　誰ひとり、誰も。(= ningún otro)　　　　　　　　　　　　　（Ⅱ - 33）

Al improviso
　思いがけなく、出しぬけに。　　　　　　　　　　　　　　　（Ⅱ - 58）

Allí me las den todas
　（雷は）みんなそこに落ちたらいいのに。　　　　　　　　　（Ⅱ - 52）

Alma de cántaro
　お人よし、間抜け、ばか者。(= buenazo)　　　　　（Ⅱ - 31, 35, 47）

Al más pintado
　もっとも賢明な、際立っている、傑出した。　　　　　　　　（Ⅱ - 3）

A lo brutesco
　奇妙な模様・装飾。　　　　　　　　　　　　　　　　　　　（Ⅱ - 50）

A lo más largo
   多くても、長くても、せいぜい。(= a lo sumo)   (Ⅰ - 20)

A lo menos
   少なくとも、せめて。   (Ⅰ - 20, 48)

Al par
   近くに、そばに。   (Ⅰ - 14, 28, Ⅱ - 22)

Al pie de la letra
   文字どおりに、厳密な意味で、逐語的に、言いつけたとおりに。
   (Ⅰ - 1, 10, 21, 49, Ⅱ - 22, 26, 32, 51, 73)

Al pie de seis meses
   かれこれ半年前に。   (Ⅰ - 23)

Al punto
   すぐに。   (Ⅰ - 29, 43)

Al redropelo
   さからって、逆に。(= al redopelo; a la fuerza)   (Ⅱ - 12)

Al vivo
   生き生きと、たくましく、あざやかに。   (Ⅰ - 19, Ⅱ - 12)

Alzar el entredicho
   禁止を解く。   (Ⅰ - 25)

Alzar las mesas
   食卓を片付ける。   (Ⅰ - 50)

Alzar los manteles
   テーブル掛けを畳む、食卓を片付ける。   (Ⅱ - 36, 47, 58)

Alzarse con la ganancia
   儲けをさらう、ぼろ儲けする。   (Ⅱ - 49)

A mal traer
   虐待する、いらだたせる、うろたえさせる。   (Ⅰ - 44)

A mal viento va esta parva
   脱穀前の麦に悪い風が吹く。   (Ⅱ - 68)

Amanecerá Dios y medraremos
明日になれば何とかなるでしょう。(= Mañana será otro día。)

(Ⅰ - 43, Ⅱ - 14, 68)

Amanecerá Dios y verémonos
明日になれば…、まあ見てみましょう。 (Ⅱ - 26)

A mano salva
確実に、何の危険もなく。(= a salvamano) (Ⅱ - 73)

A manos lavadas
お咎めなしで、なんのこともなく、労せずして。 (Ⅰ - 34)

A más andar
全速力で、せいぜい。(= a la carrera; a toda prisa) (Ⅰ - 20, Ⅱ - 8, 38)

A media rienda
手綱をゆるめた早駆けで、中くらいの速さで。 (Ⅰ - 41)

A media voz
小声で、声をひそめて。 (Ⅰ - 4)

A menudo
しばしば、たびたび。 (Ⅱ - 43)

A mesa puesta y a cama hecha
たやすく、難なく。(= sin trabajo ni gasto) (Ⅱ - 55)

A milagro
奇跡的に。 (Ⅰ - 23)

A mi sabor
気ままに、勝手に、好きなように、好みに応じて。(= a mi gusto)

(Ⅱ - 14)

A mi salvo
わが身の安全。 (Ⅰ - 24)

A mis solas
ひとりで、単独で。 (Ⅰ - 11)

A montón
偽りの、その場限りの。(= amancebado) (Ⅰ - 11)

Amores platónicos
 慎みのある愛、プラトニックラブ。 (Ⅰ-25, Ⅱ-3, 32)

A mujeriegas
 女性のように馬に横乗りする。 (Ⅰ-27, Ⅱ-41)

Andad con Dios
 「皆さん、ごきげんよう、お気をつけて」。 (Ⅱ, 11-361)

Andando los tiempos
 時が流れて、いずれ時が来たら。 (Ⅰ-7)

Andar a cuchilladas
 にらみ合う、激しい敵意を抱く。 (Ⅰ-5)

Andar a gatas
 這い這いする。 (Ⅱ-36)

Andar al estudio
 勉学に勤しむ、学生である。 (Ⅰ-43)

Andar buscando pan de trastrigo
 小麦のパンより上等のパンを探し求める。(不可能なことを探し求める) (Ⅱ-67)

Andar caballera
 馬に乗って行く。 (Ⅱ-40)

Andar de caída
 衰退する、衰える、堕落する、退廃する。 (Ⅰ-28)

Andar de nones
 定職を持たずにいる、ぶらぶらしている。(= andar ocioso y desocupado) (Ⅱ-49)

Andar de pie cojo
 けんけんする、片足跳びをする。 (Ⅰ-50)

Andar de una en otra parte
 あちらこちらうろつく、徘徊する。 (Ⅰ-7)

Andar enamorado
 思いを寄せる、恋する。 (Ⅰ-1)

Andar en boca de la fama
よく知られたうわさになっている。 (Ⅰ- 37)

Andar en boca de las gentes
人々のうわさになっている。 (Ⅱ- 26)

Andar en coche
馬車に乗って出歩く。 (Ⅱ- 36)

Andar en puntillos
末梢的なことにこだわる、とやかく詮索する。 (Ⅱ- 58)

Andar en trenza y en cabello
三つ編みとか垂れ髪にして。 (Ⅰ- 11)

Andar estaciones
(再入院の) 手続きをする。(= hacer diligencias) (Ⅱ- 1)

Andar las siete partidas
7度の旅を敢行する、あちこちを見聞する。 (Ⅱ- 23)

Andar muerto
切望する、うずうずする。 (Ⅱ- 38)

Andar por los andurriales
道から外れたところを行く、道なき野山をめぐる。 (Ⅰ- 12)

Andar yendo y viniendo
行ったり来たりする。
参照：yendo y viniendo (Ⅰ- 20)

Antes os la dará roma que aguileña
鷲鼻(美女)より先にだんご鼻(醜女)を紹介してくれる。 (Ⅱ- 48)

Antes se ha de perder por carta de más que de menos
大きい数のカードを持っていても勝負には負けるのがよい。

(Ⅱ- 17, 33)

Añudar el roto hilo
切れた糸を繋ぐ・結ぶ。 (Ⅰ- 27)

A obra
(～時)頃に。 (Ⅰ- 8)

A par
近くに、そばに、同じくらいに。　　　　　　　　　　　　　　（Ⅰ - 11）

A partes
体じゅう、(体の) あちこち。　　　　　　　　　　　　　　　（Ⅰ - 16）

A paso llano
普通の足取り・歩調で、のうのうと。　　　　　　　　　　　　（Ⅰ - 34）

A paso tirado
速度を上げて、馬を急がせて。　　　　　　　　　　　（Ⅰ - 10, Ⅱ - 10）

A pedir de boca
思い・望みどおりに、おあつらえ向きに、正確に。

（Ⅰ - 30, 35, Ⅱ - 31, 62）

A pelo
ちょうどよい、折よく、ぴったりの、〜にかなった。(= a propósito)

（Ⅱ - 10）

Apellidar alarma
非常召集する、武器を取れと叫ぶ。(= gritar alarma)　　　　　　（Ⅰ - 41）

Apellidar la tierra
陸で非常召集がかかる。　　　　　　　　　　　　　　　　　（Ⅰ - 41）

A pesar suyo
(人の) 意に反して。　　　　　　　　　　　　　　　　　　（Ⅱ - 60）

A pie enjunto
足をぬらさずに、楽に、わけなく。(= a pie enjuto)　　　（Ⅰ - 34, Ⅱ - 5）

A pie quedo
足を動かさず。(= sin mover los pies)　　　　　　　（Ⅱ - 6, 32, 58）

A pierna tendida
のびのびと、ゆったりと。(= a pierna suelta)　　　　　（Ⅱ - 9, 26, 44）

A pies juntillas
きっぱりと、断固として、頑固に。　　　　　　　　　　　　（Ⅱ - 52）

A pique
巧み、際立つ、今にも、すんでのことに。(= a punto)

(Ⅰ - 11, 22, 34, 37, Ⅱ - 27, 74)

A plomo
垂直に、まっすぐに、真上から。 (Ⅱ - 序文)

A poca costa
なんの苦もなく、楽々と、やすやすと。 (Ⅱ - 5)

A posta
故意に、わざと。 (Ⅰ - 29)

A puerta cerrada
ひそかに、非公開で。(= enteramente) (Ⅱ - 44)

A punto de muerte
生死の境に、死の危機に、臨終。 (Ⅰ - 31)

A puño cerrado
こぶしを固めて。 (Ⅰ - 35)

A ¿qué quieres boca?
思いのままに、思いどおりに。 (Ⅱ - 22)

Aquí de Dios
神のご加護を。 (Ⅱ - 49)

¡Aquí del Rey!
国王のお助けを。 (Ⅱ - 40)

A raya
分、領分、正当な範囲、本領。 (Ⅱ - 14, 16)

A Rey ni a Roque ni a hombre terrenal
たとえ誰であろうとも。 (Ⅱ - 1)

Argado sobre argado
いたずら(悪ふざけ)に次ぐいたずら(悪ふざけ)。 (Ⅱ - 69)

A rienda suelta
勝手気ままに、存分に、猛烈に、全速力で。 (Ⅰ - 13, Ⅱ - 73)

A Roma por todo
万事うまくおさまるでしょう。(すべての罪を許してもらうためのローマへの巡礼・行脚の勧め) (Ⅱ - 52)

A sabiendas
故意に、知りながら。 (Ⅰ- 47)

A salvamano
安全に、無事に。(= a mansalvo) (Ⅱ- 14)

A sangre caliente
血が騒ぐ、うずうずしている、かっとして。 (Ⅱ- 71)

A sangre fría
冷静に、冷淡に、冷血に。 (Ⅱ- 59)

A secas
ただ単に、それだけ。 (Ⅰ- 1, Ⅱ- 14, 40, 43, 45, 74)

Asegurar el hecho
事の次第をなだめる・カムフラージュする。(asegurar = acallar)

(Ⅰ- 41)

Asentar la mano
ひどい目にあわせる、平手打ちを食らわす。 (Ⅱ- 49)

A socapa
内密に、こっそりと。(= secretamente; con disimulo) (Ⅰ- 46, Ⅱ- 71)

A solas
一人あるいはその人たちだけで、〜のみに(で)。

(Ⅰ- 21, 24, 27, 33, 34, 39, 51, Ⅱ- 2, 44, 47, 52, 62, 73)

A su cuenta
その人の計算・思うところでは。 (Ⅰ- 30)

A suelta rienda
勝手気ままに、全速力で、猛烈に。 (Ⅰ- 35)

A sueño suelto
大の字になって、一気に眠る。 (Ⅰ- 37, Ⅱ- 70)

A su salvo
危険を感じない、安全に、無傷に。 (Ⅰ- 19, 24, 36)

A sus solas
おひとりで。 (Ⅱ- 44)

Atar bien el dedo
 しっかり取り決める。 (Ⅱ - 7)

A tiempo
 折よく、間に合って、時間どおりに。 (Ⅰ - 40)

A tiro de arcabuz
 火縄銃の射程距離に。 (Ⅱ - 60)

A tiro de ballesta
 石弓一射程の距離に、明らかに、一目瞭然で。 (Ⅰ - 9, Ⅱ - 5, 8, 31)

A tiro de escopeta
 猟銃の射程距離に。 (Ⅰ - 21)

A todas horas
 いつも、絶えず。 (Ⅱ - 49)

A tontas y a locas
 でたらめに、むちゃくちゃに。

          (Ⅰ -「『ドン・キホーテ』の書に寄せての詩句」)

A tonto ni a sordo
 馬鹿でもなければ耳が遠いわけでもない男に。 (Ⅱ - 45)

Atravesarse un nudo en la garganta
 喉・胸が詰まる。 (Ⅰ - 27)

A trechos
 ところどころに、時々。 (Ⅰ - 29)

A tres tirones
 かなりの距離に、そんじょそこらに。 (Ⅱ - 54)

A troche moche
 でたらめに、よく考えないで。(= sin orden ni concierto) (Ⅱ - 32, 45)

A trueco
 ～ということなら、～という条件で。 (Ⅰ - 37)

A tu salvo
 何のうしろめたさもなく。 (Ⅰ - 25)

A una parte a otra
　右に左に。　　　　　　　　　　　　　　　　　　　　　　　　（Ⅰ-21）

A un punto
　その場で、いっときに、同時に。　　　　　　　　　　　　　　（Ⅰ-27）

A un tris
　たちまちのうちに、ちょっとの間・隙に、すんでのところで。

（Ⅱ-66）

A uña de caballo
　ひづめの限り駆ける、大急ぎで、拍車をかけて。

（Ⅰ-出しゃばり詩人ドノーソがサンチョ・パンサとロシナンテに寄せる詩句）

A vuelta de cabeza y a cada traspuesta
　人目を盗んでちょっとした物陰でも。　　　　　　　　　　　　（Ⅰ-46）

A vuestra guisa y talante
　好きなように、そのときの気分で。　　　　　　　　　　　　　（Ⅰ-46）

Ayuda de costa
　金銭的援助。　　　　　　　　　　　　　　　　　　　　　　　（Ⅱ-献辞）

B

Bailar el agua delante
　おべっかを使う、へつらう。　　　　　　　　　　　　　　　　（Ⅱ-4）

Bajar la cabeza y obedecer
　屈服・服従する、うなだれて言うことを聞く。　　　　　　　　（Ⅰ-33）

Beber con guindas
　筋違いもいいところ。（＝ remilgamiento）　　　　　　　　　（Ⅱ-35）

Bien estás en el cuento
　内情・消息によく通じている。　　　　　　　　　　　　　　　（Ⅰ-25）

Blanco como el campo de la nieve
　まるで雪のかたまり。　　　　　　　　　　　　　　　　　　　（Ⅱ-10）

Boca arriba
あおむけに、(トランプなどで)表を上にして。　　　　　　(Ⅰ - 16, 17)

Buena manderecha
幸運。(= buena suerte)　　　　　　　　　　　　　　　　　(Ⅱ - 22, 62)

Buenas entrañas
こころよく、気持ちよく、優しく。　　　　　　　　　　　(Ⅰ - 42)

Buenas partes
完璧な資質、恵まれた美徳。　　　(Ⅰ - 24, 25, 30, 33, 49, Ⅱ - 48, 50)

Buen despacho
迅速な問題処理、出来ばえの良い仕事、見事な裁き。　　(Ⅰ - 44)

Buen discurso
(話の筋の)一貫性。　　　　　　　　　　　　　　　　　(Ⅰ - 48, Ⅱ - 1)

Buen hombre
善人、お人よし。　　(Ⅰ - 45, Ⅱ - 4, 24, 25, 31, 32, 45, 47, 51, 58, 60, 62)

Buen pecho
かなりの税。(pecho = brazo; tributo)　　　　　　　　　　　(Ⅱ - 6)

Buen porque
ちゃんとした理由、間違いなく。　　　　　　　　　　　(Ⅰ - 13)

Buen poso
よき安らぎ、何よりの休息、ゆっくりお休み！。　　　　(Ⅱ - 21)

Buen poso haya
安らかでありますように。　　　　　　　　　　　　　　(Ⅱ - 31)

Buen provecho te haga
何になりと役立てるがよい。　　　　　　　　　　　　(Ⅱ - 28, 40)

Buen recado
気の利いた思いつき。　　　　　　　　　　　　　　　　(Ⅱ - 17)

Buen talle
いいプロポーション。　　　　　　　　　　　　　　　　(Ⅰ - 32)

Buscar gollerías
高望みをする、ないものねだりをする。　　　　　　　(Ⅰ - 48)

C

Caballero de mohatra
　詐欺師、ペテン師。(mohatra = compra fingida; trampa)　　　(Ⅱ - 31)

Cada y cuando
　〜する時はいつでも、〜するとすぐ。(= siempre)　　(Ⅰ - 35, Ⅱ - 52)

Caer en el caso
　事の真相を悟る。　　　　　　　　　　　　　　　　　　　(Ⅱ - 17)

Caer en la cuenta
　分かる、気付く、合点する、理解する。
　　　　　　　　　(Ⅰ - 序文, 19, 20, 27, 28, 33, 47, 49, 51, Ⅱ - 22, 26, 31)

Caerse las alas del corazón
　意気消沈する、くじける、ひるむ。(= desmayar; desfallecer)　　(Ⅱ - 7)

Caminar a rienda suelta
　勝手気ままにふるまう、全速力で進む、猛烈に。　　　　　　(Ⅱ - 51)

Campaña rasa
　野原。　　　　　　　　　　　　　　　　　　　　　　(Ⅱ - 58, 72)

Campo de Agramante
　甚だしい勘違い、大変な思い違い。　　　　　　　　　(Ⅰ - 45, 34)

Cargar la mano
　固執する、強く主張する。(= insistir)　　　　　　　　(Ⅰ - 29, 34)

Cátalo cantusado
　だまし取る、言いくるめる。　　　　　　　　　　　　　　(Ⅱ - 71)

Cepos quedos
　黙らっしゃい。　　　　　　　　　　　　　　　　　　　(Ⅱ - 23)

Cercén a cercén
　根元・つけ根から、すっかり。　　　　　　　　　　　　(Ⅰ - 35)

Cerrar la noche
夜が訪れる、夜になる。 (Ⅰ - 19)

Ciego de enojo
怒りで分別を失った。 (Ⅰ - 35)

Clavar los ojos
じっと見つめる。 (Ⅱ - 19, 48, 63)

Cobrar aliento
元気を回復する。 (Ⅱ - 59)

Cobrar el barato
人を脅して言うことをきかせる。 (Ⅱ - 49)

Cobrar el juicio
理性・分別を取り戻す、正気づく。 (Ⅱ - 15, 65)

Cobrar el sentido
正気を取り戻す。 (Ⅱ - 40)

Cobrar los espíritus
気を取り直す。 (Ⅰ - 28)

Coger a palabras
言葉尻をとらえる。 (Ⅰ - 31)

Colgado de sus palabras
呆気にとられる。 (Ⅰ - 18)

Comerse las manos
飢えている、待てない、落ち着かない、いらいらしている。(= estar impaciente)　(Ⅰ -「『ドン・キホーテ』の書に寄せての詩句」, Ⅱ - 33, 36, 42)

Comer su pan
その人の世話になる。 (Ⅱ - 33, 35)

Como boca de lobo
狼の口のように(真っ暗)。 (Ⅱ - 48)

Como cada hijo de vecino
誰しもと同じくらい、誰にも負けないくらい。 (Ⅱ - 20)

Como de molde
ぴったり合った、型にはまった、手本のごとく、板についた。

(Ⅰ-9, 25, Ⅱ-1, 51, 73)

Como el más pintado
いっさい束縛のない。 (Ⅰ-序文)

Como la madre que la parió
素っ裸で、生まれたままの姿で。 (Ⅱ-35, 36)

Como llovida del cielo
不意に、出し抜けに、降ってわいたように。 (Ⅰ-30)

Como moscas a la miel
蝿たちが蜜にたかるように。 (Ⅱ-67)

Como por milagro
奇跡的にも。 (Ⅰ-30)

Como quien no dice nada
言うまでもなく、ほかならぬ。 (Ⅰ-29, Ⅱ-42)

Como si yo no supiese cuantas son cinco
まるで私が5の幾つかを知らないかのように。 (Ⅰ-32)

Como un palmito
いい物を身につけている。 (Ⅱ-5)

Como un pino de oro
さっそうとしている、りりしい姿である。 (Ⅱ-50)

Como un rayo
あたふたと、予期せぬ、寝耳に水の。 (Ⅰ-18)

Como yo soy turco
私がトルコ人であるというのと同じくらい。(あり得ない) (Ⅰ-23)

Compás de pies
自分に合った体勢。(攻撃や防御の剣さばきに合った足の動き)

(Ⅱ-19)

Con buenas palabras
うまいこと言って。 (Ⅰ-4)

Con buen compás de pies
    さっさと、速く、急いで。(= a buen paso) (Ⅱ - 13)

Concertar de la barata
    いんちきな取引をする。 (Ⅰ - 28)

Con cien ojos
    用心する、警戒する。 (Ⅱ - 22)

Con cuántas veras
    たいそう本気で。 (Ⅰ - 33, 49)

Condición blanda
    寛大な態度。 (Ⅱ - 24)

Con el ayuda de Dios
    神の助けを借りて。 (Ⅰ - 29, 30)

Confesar de plano
    素直に告白する。 (Ⅱ - 38)

Con gentil brío y continente
    並外れたりりしさと風貌で (Ⅰ - 19)

Con gran flema
    冷静沈着に。 (Ⅰ - 17)

Con gran pompa
    華々しく、絢爛豪華に。 (Ⅰ - 12)

Con mucho tiento
    慎重に、用心深く。 (Ⅰ - 20)

Con pie derecho
    威儀を正して。(= con buen pie) (Ⅱ - 72)

Con pie llano
    しっかりとした足取りで。 (Ⅱ - 53)

Consistir el toque
    要点・核心がある・かかっている。 (Ⅰ - 29)

Con sosegado ademán
    平静な態度で、穏やかの表情で、落ち着いた様子で。 (Ⅰ - 3)

Con tantas veras
 たいそう乗り気で。 (Ⅰ - 27)

Contar punto por punto
 詳細に物語る、逐一話す。 (Ⅰ - 22)

Con todos los diablos
 悪魔どもにくれてやる。 (Ⅰ - 17)

Con trapo atrás y otro adelante
 みじめたらしい身なりでいる。 (Ⅱ - 2)

Con vos me entierren
 私もまったく同感だよ。 (Ⅱ - 42)

Corazón de bronce
 青銅の心臓。(冷めたこころ) (Ⅰ - 36)

Correr como un gamo
 脱兎のごとく走る。 (Ⅱ - 49)

Correr el dado
 ついている、運がいい。 (Ⅰ - 25)

Cortarlas en el aire
 早々にとまどう、どんなものだろうか。 (Ⅱ - 19)

Cosa de poco momento
 小事、ささいなこと。 (Ⅱ - 58)

Cosa de viento
 風の仕業、砂上の楼閣。 (Ⅰ - 25)

Cosa pasada en cosa juzgada
 既成の事実。 (Ⅰ - 30)

Cosas de poco momento
 諸々の小事、ささいなこと種々。 (Ⅰ - 序文)

Cosas tocantes a la bucólica
 食事関係の品々、食い扶ち。 (Ⅱ - 7)

Coserse la boca
 口をつぐむ。 (Ⅰ - 25, 52, Ⅱ - 31)

Cristiano viejo
　旧キリスト教徒。(ユダヤ教徒、イスラム教徒を先祖に持たない生粋の
　キリスト教徒)　　　　　　　　　　　　　　　(Ⅰ - 20, 21, 47, Ⅱ - 3, 4, 51, 54)

Cristiano viejo rancioso
　腐るほどに古いキリスト教徒。　　　　　　　　　　　　　　　(Ⅰ - 28)

Cristo con todos
　誰もに安らぎがありますように。　　　　　　　　　　　　　(Ⅱ - 序文)

Cual más cual menos
　多かれ少なかれ。　　　　　　　　　　　　　　　　　　　　(Ⅰ - 47)

Cuando Dios fuese servido
　神に召されたときは。　　　　　　　　　　　　　　　　　　(Ⅱ - 5)

Cuando menos lo pienses
　思いがけないときに、不意に。　　　　　　　　　　　　　　(Ⅱ - 23)

Cuando no me cato
　まったく思いもかけないときに。　　　　　　　　　　　　　(Ⅰ - 12)

Cuando no os me cato
　不意に。　　　　　　　　　　　　　　　　　　　　　　　　(Ⅰ - 31)

Curarse en salud
　(大事にいたらぬよう)早めに手を打つ、予防措置を取る、用心する。
　〈転ばぬ先の杖〉　　　　　　　　　　　　　　　　　　　　(Ⅰ - 3)

D

Dar albricias
　お祝いを述べる。　　　　　　　　　　　　　　　　　　　　(Ⅱ - 25)

Dar a entender
　それとなく分からせる。　　　　　　　　　　　　　　(Ⅰ - 28, Ⅱ - 1)

Dar al diablo
　うんざりする、いらいらする、憤慨する。　　　　　　　(Ⅰ - 12, 29)

Dar al traste
    台無しにする、損なう、使い果たす。 (Ⅰ- 11)

Dar al través con todo su esfuerzo
    我を失う、打ちひしがれる。 (Ⅰ- 19)

Dar asalto
    襲撃する、強奪する。 (Ⅰ- 33)

Dar barruntos
    推測する、予感する、漠然と感じる。 (Ⅱ- 5)

Dar batería
    煩わす、骨を折らせる。 (Ⅱ- 51)

Dar cima
    完成する、仕上げる。 (Ⅰ- 44)

Dar color
    色を塗る、生き生きとさせる、活気づける。 (Ⅰ- 41)

Dar color de verdad
    真実味をそえる、信憑性をもたせる。 (Ⅰ- 34)

Dar consigo
    倒れる、結局～に行き着く。 (Ⅰ- 36)

Dar contento a los ojos
    見る目を喜ばせる。 (Ⅰ- 25)

Dar crédito
    信用する、信じる。 (Ⅰ- 12)

Dar cuenta a Dios
    神に報告する。 (Ⅰ- 35)

Dar de gracia
    無料で・無償で与える。 (Ⅰ- 14)

Dar del pie
    足蹴にする。 (Ⅱ- 70)

Dar de vestir
    服をわたす。 (Ⅰ- 37)

Dar diente con diente
　　上下の歯をがちがちいわせる、歯の根が合わない。　（Ⅰ-19, Ⅱ-25）

Dar el parabién
　　お祝いを言う。　　　　　　　　　　　　　　　　　　　　　　　　（Ⅰ-30）

Dar el retorno
　　返礼をする、殴り返す。　　　　　　　　　　　　　　　　　　　（Ⅰ-16）

Dar el último vale
　　最後の別れを告げる。(vale = adiós)　　　　　　　　　　　　（Ⅱ-30）

Dar en continente
　　外観・様式にこだわる。　　　　　　　　　　　　　　　　　　　（Ⅰ-43）

Dar en el hito
　　的をえる、的中する、要点をつく。(= acertar)　　　　　　　（Ⅱ-51）

Dar en el punto
　　適切なことを言う、要点をつく。　　　　　　　　　　　　　　（Ⅰ-46）

Dar en la cuenta
　　察する、理解する、気が付く。　　　　　　　　　　　（Ⅰ-34, Ⅱ-7）

Dar en qué entender
　　ひどい目にあわせる。　　　　　　　　　　　　　　　　　　　　（Ⅰ-19）

Dar en rostro
　　愚弄する。　　　　　　　　　　　　　　　　　　　　　　　　　　（Ⅱ-25）

Dar en tierra
　　地面へ倒す。　　　　　　　　　　　　　　　　　　　　　（Ⅰ-19, 33）

Dar espíritu
　　息を引き取る、死ぬ。　　　　　　　　　　　　　　　　　　　　（Ⅱ-74）

Dares y tomares
　　持ちつ持たれつ、ギブ・アンド・テーク、応酬、口論、議論。

　　　　　　　　　　　　　　　　　　　　　　　　　　　　　（Ⅱ-5, 74）

Dar gracias a Dios
　　神に感謝する。　　　　　　　　　　　　　　　　　　　（Ⅱ-45, 50）

Dar la bienllegada
  歓迎の言葉を述べる、大歓迎する。 (Ⅰ-42)

Dar la respuesta en las costillas
  背中を蹴飛ばすことによって返事をする。 (Ⅰ-4)

Dar la ventaja
  一目も二目もおく。 (Ⅰ-45)

Dar la vida
  生気・活力を与える、元気づける、生き返らせる、命を救う。
  (Ⅰ-32)

Darle favor
  (誰それに)加勢する。 (Ⅰ-45)

Dar material
  話題を提供する。 (Ⅰ-28)

Dar mucha mano
  好きに振舞わせる、〜に甘い。 (Ⅰ-34)

Dar papilla
  だます、子ども扱いにする。 (Ⅰ-32)

Dar paz
  親愛の情をこめた頬にキスの挨拶をする。 (Ⅰ-21)

Dar paz en el rostro
  頬に口づけをする。 (Ⅰ-43)

Dar puntada
  手を施す、手を尽くす。 (Ⅰ-33)

Dar recado
  世話をする、飼い葉を与える。 (Ⅱ-25)

Dar ripio a la mano
  題材・話題を提供する。 (Ⅱ-4)

Dar rostro
  顔をさらす。 (Ⅰ-19)

Dar saco
かきまわす、荒し回る、略奪する、こっそり盗み出す。(= saquear)
(Ⅰ- 15)

Dar salto en vago
無駄骨に終わる、ちょっとしくじる。 (Ⅱ- 17)

Dar saltos en corazón y barruntos
予感で胸が高鳴る。 (Ⅰ- 42)

Darse al diablo
いらいらする、憤慨する。 (Ⅰ- 5, 20)

Darse a Satanás
絶望する、激怒する、いらいらする。(= desesperarse) (Ⅰ- 35)

Darse cata
考えてみる。 (Ⅰ- 1)

Darse cordelejo
ふざける、冗談をとばす。 (Ⅰ- 20)

Darse de las astas
競って言い合う。 (Ⅱ- 12)

Darse maña
うまく、首尾よく。 (Ⅱ- 27)

Darse pisto
見せびらかす、ひけらかす。 (Ⅱ- 44)

Darse traza
才能を発揮する、工夫する。 (Ⅰ- 20)

Darse tres puntos en la boca
口を三針も縫いつける。 (Ⅰ- 30)

Dar su palabra
約束する、言質を与える。 (Ⅰ- 44)

Dar vado
一息つく、一息いれる。 (Ⅰ- 51, Ⅱ- 72, 73)

De allí adelante
　あの時以来、それ以来。　　　　　　　　　　　　　　　（Ⅱ - 16）

De aquí adelante
　今後、これからは、将来。　　　　　　　　　　　　　（Ⅰ - 18, 23）

De aquí al fin del mundo
　今後末代まで。　　　　　　　　　　　　　　　　　　（Ⅰ - 11）

De armas tomar
　戦にそなえる。　　　　　　　　　　　　　　　　　　（Ⅱ - 5）

De baja raleza
　下賤な。　　　　　　　　　　　　　　　　　　　　　（Ⅰ - 15）

Debajo de cubierta
　屋根の下。　　　　　　　　　　　　　　　　　　　（Ⅰ - 13, 37）

Debajo de palabra
　約束のもと。　　　　　　　　　　　　　　　　　　　（Ⅰ - 51）

Debajo de ser hombre
　人間であるからには。　　　　　　　　　　　　　　　（Ⅰ - 47）

Debajo de ser soldado
　兵士としてなら。　　　　　　　　　　　　　　　　　（Ⅰ - 51）

Debajo de techado
　屋根の下、屋内で、屋内に。　　　　　　　　　　　　（Ⅱ - 71）

De bóbilis
　ただで、無料で、やすやすと。(= de balde)　　　　　（Ⅱ - 71）

De buena data
　楽しい項目・事柄。　　　　　　　　　　　　　　　　（Ⅱ - 13）

De buen gana
　喜んで、快く、進んで。　　　　（Ⅰ - 4, 7, 32, Ⅱ - 27, 45, 50, 71）

De buena pasta
　ばかな、単純な、強情な。(= necio)　　　　　　　　（Ⅱ - 52）

De buenas a buenas
　快く、喜んで、単純に、簡単に。(= buenamente)　　（Ⅱ - 4）

De buen talante
　上機嫌の。　（Ⅰ- 44）

De buen tomo
　がっしりした体格の。　（Ⅰ- 25）

De burlas
　冗談で。　（Ⅰ- 41, Ⅱ- 63, 64）

De cabo a cabo
　初めから終わりまで。　（Ⅰ- 16）

De carne y hueso
　肉と骨をそなえた。　（Ⅰ- 25）

Decir a tiento
　当てずっぽうに言う、当て推量で言う。　（Ⅰ- 30）

Decir el corazón
　虫の知らせ。　（Ⅰ- 5）

Decir entre dientes
　口の中でもぐもぐ言う、つぶやく、ぶつぶつ言う、不平を鳴らす。
　　　　　　　　　　　　　　　　　　　　　　（Ⅰ- 16, 22）

Decir entre sí
　独り言を言う、心に思う、自分の心に言って聞かせる。
　　　　　　　　　　　　　　　　　（Ⅰ- 19, Ⅱ- 16, 17, 20, 22）

Decir la pura verdad
　まぎれもない事実を言う。　（Ⅰ- 30）

Decir mala palabra
　罵詈雑言を浴びせる。　（Ⅰ- 40）

Decir muy paso
　とても落ち着いて言う。　（Ⅱ- 49）

Decir pasito
　落ち着いて言う。　（Ⅰ- 29）

De claro en claro
　夕方から明け方まで、眠らずに、徹夜で、一気に。（= de un tirón）

(Ⅰ - 1)
De corrida
　暗記して、すらすらと、即座に。　　　　　　　　　　　　　　(Ⅰ - 26)

De cuando en cuando
　時々、時折。　　(Ⅰ - 25, 28, 35, 43, Ⅱ - 9, 12, 19, 23, 28, 44, 54, 68, 71)

De Dios dijeron
　神様のことまでとやかく言う。　　　　　　　　　　　　　　(Ⅰ - 25)

De grado
　物好きで、自分から好んで。　　　　　　　　　　　　　　　(Ⅱ - 15)

De haldas o de mangas
　ぜひとも。　　　　　　　　　　　　　　　　　　　　　　(Ⅱ - 51)

De industria
　故意に、わざと。　　　　　　　　　　　　　　　(Ⅰ - 9, 35, 40)

Dejar pasar en blanco
　触れないでおく、大目に見る、無視する。　　　　　　　　　(Ⅰ - 16)

Dejar por muerto
　死んだものと見なす。　　　　　　　　　　　　　　　　　　(Ⅰ - 4)

Dejarse de cuentos
　よけいなことを言わず核心に入る、単刀直入に言う。　　　　(Ⅱ - 74)

Dejarse en el tintero
　し残す、やり残す。　　　　　　　　　　　　(Ⅰ - 16, 17, 31, Ⅱ - 3)

Dejarse mal pasar
　まずいもので辛抱する。　　　　　　　　　　　　　　　　(Ⅰ - 19)

De la cuna a la mortaja
　揺りかごから墓場まで。　　　　　　(Ⅰ - バビエカとロシナンテの対話)

De lance en lance
　徐々に、さりげなく。　　　　　　　　　　　　　　　　　(Ⅱ - 1)

De largo a largo
　端から端まで、長さいっぱいに。　　　　　　　　　　　　(Ⅱ - 74)

De lengua en lengua
口から口へ、口づてに。 （Ⅰ - 14）

De llano en llano
素直に、はっきりと、あからさまに。 （Ⅱ - 64）

De los pies a la cabeza
足の先から頭のてっぺんまで。 （Ⅱ - 17）

De lucios cascos
お調子者の。 （Ⅱ - 15）

De mal talante
不機嫌な、当惑した。(= triste; malhumorado) （Ⅱ - 30, 41, 52）

De mano en mano
人から人へ、口づてに。 （Ⅰ - 13, 21, Ⅱ - 8, 70）

De manos a boca
突然、思いがけなく。 （Ⅰ -「『ドン・キホーテ』の書に寄せての詩句」）

De marras
昔の、ずっと以前からの、例の、件の。 （Ⅰ - 25, 31, 32, Ⅱ - 28, 36）

De más tomo
より重要な。 （Ⅰ - 46）

De molde
ぴったり合った。 （Ⅰ - 4, 31, Ⅱ - 53）

De mucha cuenta
きわめて立派な。 （Ⅰ - 39）

De muy buena gana
とても喜んで、快く、進んで。

（Ⅰ - 6, 13, 37, 38, 42, 49, 50, 52, Ⅱ - 2, 17, 24, 29, 45, 50, 53, 54, 70, 72）

De muy buen parecer
なかなか器量よしの。 （Ⅰ - 16）

De muy mala gana
いやいや、不承不承、しぶしぶ。 （Ⅰ - 25, Ⅱ - 29）

De muy mala arte
とても下手に、ひどいやり方で。 (Ⅰ-18)

De oídas
うわさで聞いて、話に聞いて、聞き伝えで。 (Ⅰ-34)

De paleta
おあつらえ向きに、思いどおりに、都合よく。(＝ a pedir en boca) (Ⅱ-57)

De par en par
いっぱいに。 (Ⅰ-14, 17, 21, Ⅱ-17)

De parte a parte
端から端まで、貫通して、すっかり、徹底的に。

(Ⅰ-4, 13, 21, Ⅱ-48, 56, 58)

De paso
一時的に、通りがかりに、途中で、ついでに。 (Ⅰ-27, 52)

De pelo en pecho
勇気のある、気丈な、薄情な。 (Ⅰ-25)

De perlas
見事に、すばらしく。 (Ⅰ-18, 31, Ⅱ-7, 38, 66)

De pies
立って、起きて、寝ないで。 (Ⅱ-41)

De poco acá
これまで見たことがないほどの。 (Ⅰ-19)

De poco más o menos
つまらない、取るに足りない、たいして重要でない。 (Ⅰ-22)

De poco momento
ささいな。 (Ⅰ-28, 33)

De presto
素早く、即座に、急いで、機敏に。 (Ⅰ-44)

De puertas adentro
自分の部屋にあっては。 (Ⅱ-44)

De punta en blanco
　甲冑で身を固めて。(= armado de pies a cabeza)　　　　　（Ⅱ - 11, 64）

De punto en punto
　刻一刻と。　　　　　　　　　　　　　　　　　　　　　（Ⅱ - 68）

De puro bueno
　しんからのお人よし。　　　　　　　　　　　　　　　　（Ⅰ - 34）

Derecho como un huso
　紡錘のようにまっすぐ。　　　　　　　　　　　　　　　（Ⅱ - 53）

De rúa
　外出着で、散歩着で。(= en traje de calle o ropa de paseo)　　（Ⅱ - 62）

Descargar el nublado
　怒りをぶちまける、どしゃ降りになる。　　　　　　　（Ⅰ - 31, Ⅱ - 1）

Descoser la boca
　（沈黙を守っていた人が）口を開く、話し始める。　　　　（Ⅰ - 46）

Descoserse y desbuchar
　すべてをぶちまける・話してしまう。　　　　　　　　　（Ⅱ - 2）

Descubrir la hilaza
　欠点を露にする。　　　　　　　　　　　　　　　　　　（Ⅱ - 31）

Desde aquí adelante
　今後、これからは、将来。　　　　　　　　　　　　　　（Ⅰ - 39）

Desde aquí para adelante de Dios
　これから先、神さまに召される日まで。　　　　　　　　（Ⅰ - 15）

Desnudo en cueros
　素っ裸の。　　　　　　　　　　　　　　　　　　　　　（Ⅱ - 1）

De solo a solo
　腹を割って、率直に。(= de hombre a hombre)　　　　　　（Ⅰ - 18）

Desplegar el labio
　口を開く。　　　　　　　　　　　　　　　　　　　　　（Ⅱ - 12）

Después acá
　それ以来今日に至るまで。(= desde entonces hasta ahora)　　（Ⅰ - 18）

Despuntar de agudo
　策におぼれる。　　　　　　　（Ⅰ-「『ドン・キホーテ』の書に寄せての詩句」, 25）

De tan mala guisa
　かくもみじめなことに。　　　　　　　　　　　　　　　　　（Ⅰ-22）

De todo en todo
　まったく、完全に。(= absolutamente; por compreto)

（Ⅰ-46, Ⅱ-序文, 1, 6, 18, 22, 31, 59, 63）

De todo punto
　まったく、完全に。　　　　　　　　　　　　　　　　　　　（Ⅰ-25）

De un tirón
　一度で、一気に。　　　　　　　　　　　　　　　　　　　（Ⅱ-74）

De veras
　実際に、本当に、心から、本気で、とても、たいへん。

（Ⅰ-41, Ⅱ-64）

Día por día
　一日一日と、来る日も来る日も。　　　　　　　　　　　　（Ⅰ-50）

Dimes y diretes
　言い争い、口論。　　　　　　　　　　　　　　　（Ⅱ-26, 33, 48）

Dio del azote
　鞭をくれる、懲らしめる。　　　　　　　　　　　　　　　（Ⅰ-29）

Dios lo haga como puede
　神さまの思し召し次第。　　　　　　　　　　　　　　　　（Ⅰ-8）

Dios será servido
　神さまの思し召しで。　　　　　　　　　　　　　　　　（Ⅰ-7, 37）

Doblar una punta
　角を曲がる。　　　　　　　　　　　　　　　　　　　　（Ⅰ-20）

Dormir a cielo descubierto
　野宿する、屋外で・野天で寝る。　　　　　　　　　　　　（Ⅰ-10）

Dormir a sueño suelto
　安らかな眠りにつく。　　　　　　　　　　　　　　　　（Ⅱ-68）

Dormir debajo de techado
  屋根の下で休む・眠る。 (Ⅰ-12, Ⅱ-1, 12)

Dormir debajo de tejado
  屋根の下で休む・眠る。 (Ⅰ-9)

Dormirse en las pajas
  油断する。 (Ⅱ-4)

Dos higas
  他愛もない、話にもならない。 (Ⅰ-32)

Duelos y quebrantos
  動物の脳みそや脂身を入れた卵焼き。(昔、スペイン・カスティーリャ地方で小斎のため土曜日に食べた) (Ⅰ-1)

Duro de cerebro
  頭が固い、頑固な、強情な、頭がよくない。 (Ⅰ-48)

E

Echádmelos a las barbas
  連中を私に襲いかからせてみよ。 (Ⅰ-20)

Echar agua a manos
  両手に水を注ぐ。 (Ⅰ-50)

Echar al aire
  (肩など体の一部を)むき出しにする、ほうり投げる。 (Ⅰ-20)

Echar a rodar
  台無しにする、手を引く、あきらめる。 (Ⅰ-16)

Echar cata
  探してみる、確認する。 (Ⅱ-50)

Echar dado falso
  いかさまをする、騙そうとする。 (Ⅰ-47, Ⅱ-33)

Echar de ver
　〜に気付く、注目する。　　　　　　　　　　　　　（Ⅰ-26, 28, 36, 37,
　42, 44, 48, 49, Ⅱ-1, 10, 17, 20, 29, 34, 47, 50, 51, 55, 58, 59, 60, 62, 69）

Echar el pie adelante
　すぐれる、勝る、右に出る。　　　　　　　　　　　　　　　　（Ⅱ-48）

Echar el sello
　決定づける、止めを刺す、仕上げる。（＝rematar）　　（Ⅰ-25, Ⅱ-52）

Echar en saco roto
　〜を忘れてしまう。　　　　　　　　　　　　　　　　　　　　（Ⅱ-4）

Echar por tierra
　（計画などを）覆す、駄目にする。　　　　　　　　　　　　　（Ⅰ-28）

Echar pullas
　皮肉を言う、毒舌・とげのある言葉を吐く、当てこする。　　（Ⅱ-10）

Echar raya
　しのぐ、勝る、先になる、リードする。　　　　　　　　　　　（Ⅱ-47）

Echarse a las espaldas
　〜を忘れ去る。　　　　　　　　　　　　　　　　　　　　　（Ⅱ-21）

Echarse al mundo
　売春婦になる、身を落とす。　　　　　　　　　　　　　　　（Ⅰ-28）

Echarse a pechos
　胃袋に流し込む。　　　　　　　　　　　　　　　　　　　　（Ⅰ-17）

Echarse de ver
　明白である。　　　　　　　　　　　　　　　　　　　　　　（Ⅰ-16）

Echar suertes
　くじを引く、賭ける。　　　　　　　　　　　　　　　　　　（Ⅰ-12）

El busilis
　問題点、難点、核心。　　　　　　　　　　　　　　　　　（Ⅱ-45, 62）

El gozo le reventaba por las cinchas de caballo
　その喜びは馬の腹帯からも溢れ出るかのようであった。　　（Ⅰ-4）

El rey me hace franco
　王様が私を大目にみてくれる。(私は返済・支払いを免れる) (Ⅰ-23)

El tronco de la casa
　血筋の通った身内。 (Ⅰ-39)

El universo mundo
　この世の中、世界。 (Ⅰ-33, 51)

Enamorado hasta los hígados
　ぞっこん惚れている。〈首ったけ〉 (Ⅰ-26)

En balde
　無駄に、むなしく。 (Ⅰ-28, 31, 33, Ⅱ-6, 23, 54)

En buena hora
　まことに結構、それはいい考えだ、首尾よく、気をつけて、すぐに、そうするより仕方がない。 (Ⅰ-5, Ⅱ-7, 12, 30, 36, 54, 63, 71)

En buen amor y compaña
　とても仲良く。 (Ⅱ-22)

En buen amor y compañía
　とても仲良く。 (Ⅰ-21)

En buen paz y compaña
　とても仲良く。 (Ⅰ-10, Ⅱ-49, 66)

En buena paz y compañía
　とても仲良く。 (Ⅰ-15, Ⅱ-12, 26)

En buen hora
　かたじけない、遠慮なく、しっかり、上手に。
(Ⅰ-41, 42, 43, Ⅱ-8, 14, 25, 66)

En bureo
　気晴らしに、ばか騒ぎをして。 (Ⅱ-15)

En campo abierto
　野原で。 (Ⅰ-19)

En campo raso
　平地・平野で。 (Ⅰ-19)

Encender el deseo
   熱望する、気持ちに拍車をかける。 (Ⅰ - 43)

Encendérsele la cólera
   激怒する。 (Ⅰ - 4, 7, 31, Ⅱ - 47)

En cifra
   暗号で、符丁で、不思議な具合に、謎めいて、手短に、要約すると。
   (Ⅱ - 38)

En continente
   ただちに、即座に、時を移さず。 (Ⅱ - 45)

En cueros
   裸の、裸に。 (Ⅰ - 22, 25, Ⅱ - 2, 63)

En daca las pajas
   すぐに。 (Ⅱ - 18, 41, 62)

En dácame acá esas pajas
   またたく間に。(= en un momento) (Ⅰ - 29)

En dos paletas
   たちまちのうちに。(= en un instante) (Ⅱ - 5, 51, 53, 60)

En el ínterin
   その間に、取りあえず。 (Ⅰ - 41)

En el nombre de Dios
   神の御名にかけて、誓って。 (Ⅰ - 29)

Enemigo de meterme en ruidos
   騒ぎに巻き込まれるのは苦手。 (Ⅰ - 8)

En farseto
   甲冑の下の胴衣姿。 (Ⅰ - 21)

En fin, en fin
   ついに、とうとう、結局、つまり、換言すれば、結論として言えば、
   やれやれ。 (Ⅱ - 5)

En guisa
   〜するかのような、〜のしるしに。(= en ademán) (Ⅰ - 9)

En hora buena
　安心して、めでたく。　　　　　　　　　　　　　　　　　　　　（Ⅱ - 7）

En hora mala
　残念至極、あいにく。　　　　　　　　　　　　　　　　　　　（Ⅱ - 1, 28）

En hora menguada
　タイミング悪く。　　　　　　　　　　　　　　　　　　　　　　（Ⅰ - 35）

En la flor de su edad
　若い盛りに。　　　　　　　　　　　　　　　　　　　　　　　　（Ⅱ - 40）

En la quedada
　居残った場合には。　　　　　　　　　　　　　　　　　　　　　（Ⅰ - 34）

En lleno
　完全に、もろに、いっぱいに。　　　　　　　　　　　　　　　　　（Ⅰ - 9）

En mal punto
　ちょうど悪い時に。　　　　　　　　　　　　　　　　　　　　　（Ⅰ - 35）

En mi ánimo
　私の考え・つもり・意志では。　　　　　　　　　　　　　　（Ⅰ - 32-183）

En paz y en haz
　お許しと祝福をいただいて。　　　　　　　　　　　　　　　　（Ⅱ - 47, 48）

En pelota
　素っ裸で。　　　　　　　　　　　　　　　　　　（Ⅰ - 15, 22, Ⅱ - 54, 71）

En prendas
　担保として。　　　　　　　　　　　　　　　　　　　　　　　　（Ⅰ - 27）

En su punto
　ちょうど頃合いである。　　　　　　　　　　　　　　　　（Ⅰ - 37, 42, 44）

Enterrarse en vida
　生き埋めになる。　　　　　　　　　　　　　　　　　　　　　　（Ⅰ - 25）

Entrada en días
　育ちすぎた、古くなった。　　　　　　　　　　　　　　　　　　（Ⅱ - 49）

Entrambos a dos
　二人を引き連れて。　　　　　　　　　　　　　　　　　　　　　（Ⅰ - 42）

Entrar de rondón
    ノックもせずに入る。　　　　　　　　　　　　　　　　　（Ⅱ - 60）

Entrar en bureo
    相談に入る。　　　　　　　　　　　　　　　　　　　　　（Ⅱ - 38）

Entre dientes
    口の中でぶつぶつ。　　　　　　　　　　　（Ⅰ - 3, 13, 30, Ⅱ - 30）

Entre la cena
    夕食の最中に。　　　　　　　　　　　　　　　　　　　　（Ⅱ - 49）

Entre sí mismo
    内心。　　　　　　　　　　　　　　　　　　　　　　　　（Ⅱ - 65）

En un abrir y cerrar de ojos
    またたく間に。　　　　　　　　　　　　（Ⅰ - 序文, 17, Ⅱ - 5, 29）

En un punto
    またたく間に。　　　　　　　　　　　　　　　　　　（Ⅰ - 29, 30）

En verdad en verdad
    まったく本当に。　　　　　　　　　　　　　　　　　　　（Ⅱ - 72）

En volandas
    宙を飛ぶようにして、すっ飛んで、宙吊りで、ぶら下がって。
    　　　　　　　　　　　　　　　　　　　　　　（Ⅰ - 49, Ⅱ - 2, 41）

Erase que se era
    昔々。　　　　　　　　　　　　　　　　　　　　　　　　（Ⅰ - 20）

Erizarse los cabellos de puro espanto
    驚きのあまり髪の毛が逆立つ。　　　　　　　　　　　　　（Ⅱ - 62）

Escoger como entre peras
    梨を選ぶように。　　　　　　　　　　　　（Ⅰ, 25-137, Ⅱ - 67）

Es cosa de mieles
    蜜のように甘くてとろけそう。　　　　　　　　　　　　　（Ⅰ - 32）

Es cosa de nada
    大したことではない。　　　　　　　　　　　　　　　　　（Ⅰ - 29）

Escuchar de solapa
 こっそり聞く。 (Ⅱ - 33)

Es no es
 というわけではない。 (Ⅰ - 23)

¡ Eso pido y barras derechas !
 そうなってほしい、掛け値なしで。 (Ⅰ - 21)

Esperar como el agua de mayo
 5月の雨を待つ。(大地に最も恵みをもたらすのは5月の雨。切望していることをこれに例える) (Ⅱ - 42, 73)

Estar a diente
 腹がすききっている。 (Ⅰ - 21)

Estar a la mira
 気をつける、気を配る。 (Ⅱ - 2)

Estar a merced
 主人の気質や人柄に仕える。 (Ⅰ - 20)

Estar bien en la cuenta
 見事な計算である。(見当違いも甚だしい) (Ⅱ - 62)

Estar ciego
 泥酔している。 (Ⅰ - 9)

Estar colgado de las palabras
 相手の言葉に聞き入る・引きつけられる。 (Ⅰ - 27)

Estar de molde
 ぴったり合った。 (Ⅰ - 35, Ⅱ - 73)

Estar de temple
 様子、機嫌、気分。 (Ⅰ - 33)

Estar en cinta
 子を宿している、妊娠している。 (Ⅱ - 52)

Estar en piernas
 裸足で、脛を出して。 (Ⅱ - 50)

Estar en pinganitos
    よい身分に、裕福に。 (Ⅰ - 47)

Estar en su centro
    居心地がよい、本領を発揮している。 (Ⅱ - 58)

Estar en su punto
    ちょうどよい頃合いにある。 (Ⅰ - 41)

Estar en su seso
    正気でいる。 (Ⅰ - 23, 37)

Estar en su trece
    頑として譲らない、人の意見に耳を貸さない。 (Ⅱ - 64)

Estar fuera de juicio
    正気を失っている。 (Ⅰ - 29)

Estar hecho
    簡単である。 (Ⅰ - 41, Ⅱ - 20)

Estar hecho uva
    ぐでんぐでんに酔っている。 (Ⅰ - 45)

Estar lastimado de los cascos
    頭がおかしくなっている。 (Ⅰ - 31)

Estar más a cuento
    より目的にかなう。 (Ⅰ - 26, Ⅱ - 40)

Estar picado en el molino
    好機である、機が熟する。 (Ⅱ - 71)

Estarse a pierna tendida
    のびのびと、ゆったりと。 (Ⅰ - 50)

Estarse como la madre que la parió
    素っ裸でいる、生まれたままの姿でいる。 (Ⅰ - 26)

Estarse en sus trece
    頑として譲らない、人の意見に耳を貸さない。 (Ⅱ - 39)

Estarse mano sobre mano
    何もしないでいる、安閑としている。 (Ⅱ - 14)

Estarse quedo
　そのままとっておく・しまっておく。
（Ⅰ - 28, 41, 44, 45, 46, Ⅱ - 6, 11, 32, 48, 49, 58, 60）

Estar sin juicio
　正気を・理性を失っている、分別を欠いている。　　　（Ⅰ - 25）

Estar sobre aviso
　あらかじめ知っている、警戒している。　　　　　　（Ⅰ - 24, 41）

Estar suspenso
　呆気にとられた、驚いた、当惑した。　　　（Ⅰ - 29, Ⅱ - 46, 61, 62）

Este quiero; aqueste no quiero
　これがいい、あれはいや。　　　　　　　　　　　　（Ⅰ - 25）

Este valle de lágrimas
　この涙の谷。(世間)　　　　　　　　　　　　　　　（Ⅱ - 11）

F

Falta de juicio
　常軌を逸した、正気ではない。　　　　　　　　　　（Ⅰ - 13）

Faltar los espíritus
　息苦しい。　　　　　　　　　　　　　　　　　　　（Ⅱ - 56）

Falto de juicio
　正気を失っている。　　　　　　　　（Ⅰ - 13, 32, 46, Ⅱ - 1）

Falto de meollo
　知能足らず。　　　　　　　　　　　　　　　　　　（Ⅰ - 48）

Flor, nata y espuma
　精華、精粋、粋、最上・最良のもの。　　　　　　　（Ⅱ - 22）

Flor y espejo
　華であり鑑である。　　　　　　　　　　　（Ⅱ - 23, 44, 52）

Frente a frente
　（正面から）じっと。　　　　　　　　　　　　　　　　　　（Ⅱ - 35）

Fuera de juicio
　正気を失っている。　　　　　　　　　　　（Ⅰ - 36-215, 44-262, Ⅱ, 23-418）

Fuera de sentido
　我を忘れる。　　　　　　　　　　　　　　　　　　　　　　（Ⅰ - 36）

Fuera de sí
　失神する。　　　　　　　　　　　　　　　　　　　　（Ⅰ - 44, Ⅱ - 11）

G

Gata por cantidad
　比例して、案分して。(= a prorrata)　　　　　　　　　　　　　（Ⅱ - 7）

Gato por liebre
　兎のかわりに猫。〈羊頭狗肉〉　　　　　　　　　　　　　　　（Ⅱ - 26）

Gaudeamus tenemos
　大盤振る舞いをする、宴会・どんちゃん騒ぎをする。　　　　（Ⅰ - 36）

Gente de poco más o menos
　口さがない連中、つまらぬ手合い。　　　　　　　　　　　　（Ⅱ - 27）

Gente llana
　気さくな人・人々。　　　　　　　　　　　　　　　　　　　（Ⅰ - 28）

Gentil relente
　鈍いひと、頓馬なひと。　　　　　　　　　　　　　　　　　（Ⅱ - 59）

Gracias a Dios
　ああ、ありがたい、お陰さまで。　　　　　　　　　　　　　（Ⅰ - 24）

Gracias sean dadas
　のおかげで。　　　　　　　　　　　　　　　　　　　　　　（Ⅱ - 11）

Guardarme con todos mis cinco sentidos
　すべての五感を駆使して自分を守る。　　　　　　　　　　　（Ⅰ - 21）

H

Había grandes días
　何日もの間。　　　　　　　　　　　　　　　　　　　　　（Ⅰ-26）

Hablando entre sí mesmo
　自分自身に話しかけながら。　　　　　　　　　　　　　（Ⅰ-26）

Hablar de oposición y a lo cortesano
　博学ぶりをひけらかそうともったいぶった話し方をする。（Ⅱ-12）

Hablar entre sí
　独り言を言う。　　　　　　　　　　　　　　　　　　　（Ⅰ-5）

Hacedme placer
　頼むから、お願いだから。　　　　　　　　　　　　　　（Ⅰ-4）

Hacer al caso
　承知しておく、気をつける、守る。　　　　　　（Ⅰ-12, Ⅱ-36）

Hacer a toda ropa
　略奪を事とする、盗人稼業。(= robarlo todo)　　　　　（Ⅰ-41）

Hacer bueno
　実行する。　　　　　　　　　　　　　　　　　　　　　（Ⅱ-59）

Hacer cala y cata
　詮索する、調べる。　　　　　　　　　　　　　　　　　（Ⅰ-6）

Hacer calle
　人を掻き分けて進む。　　　　　　　　　　　　　　　　（Ⅱ-38）

Hacer cocos
　しかめっ面をする、不快な表情をする。(= hacer muecas)（Ⅱ-29）

Hacer corrillos
　井戸端会議をする、徒党を組む、閥を作る。　　　　　　（Ⅰ-28）

Hacer cosquillas en el ánimo
　勇気を動揺させる。(= motivar recelos)　　　　　　　　（Ⅱ-41）

Hacer cuenta
　考慮する、計算する、もくろむ。　　　　　　　　　(Ⅱ - 8, 12, 14, 16, 52)

Hacer de las suyas
　役目を果たす、まかせる。　　　　　　　　　　　　(Ⅱ - 11)

Hacer del ojo
　目で合図をする。　　　　　　　　　　　　　　　　(Ⅰ - 22)

Hacer de los ojos linternas
　両目を皿のようにする。　　　　　　　　　　　　　(Ⅰ - 23)

Hacer de señas
　合図をする。　　　　　　　　　　　　　　　　　　(Ⅱ - 47)

Hacer de título
　貴族になる。　　　　　　　　　　　　　　　　　　(Ⅰ - 44)

Hacer finta
　素振りをみせる、牽制する、陽動作戦をとる。　　　(Ⅱ - 39)

Hacer gracia
　(人)を笑わせる。　　　　　　　　　　　　　　　　(Ⅰ - 4)

Hacer hincapié
　〜を強調する、固執する。　　　　　　　　　　　　(Ⅱ - 73)

Hacer la enmienda
　修正を施す。　　　　　　　　　　　　　　　　　　(Ⅰ - 49)

Hacer la guarda
　見張りをする、見守る。　　　　　　　　　　　　　(Ⅰ - 32, 43)

Hacer la guía
　先導役にする、先に立てる。　　　　　　　　　　　(Ⅰ - 41)

Hacer la salva
　発言の許可を求める。　　　　　　　　　　　　　　(Ⅱ - 59)

Hacer lo que otro no pudiera hacer por él
　他人に代わってもらえないことをする。　　　　　　(Ⅰ - 20)

Hacer mala cara
　無愛想にする。　　　　　　　　　　　　　　　　　(Ⅰ - 19)

Hacer mal rostro
そっけない表情をする・態度をとる。 (Ⅰ- 35)

Hacer mamonas
相手の顔を指ではじく、小ばかにする。(= hacer mamola)　(Ⅱ- 28)

Hacer melindre
しなを作る、気取る、上品ぶる。 (Ⅰ- 41)

Hacer merced
親切にする、好意を示す、恩恵を与える。

(Ⅰ- 14, 24, 25, 40, Ⅱ- 序文, 4, 7, 8, 13, 20, 41, 44, 47, 62)

Hacer monas
だます、欺く。(= engañar) (Ⅱ- 27)

Hacer mundo y uso nuevo
世の中を変えて新たな風習を生み出す。 (Ⅰ- 28)

Hacer orejas de mercader
聞えない振りをする。 (Ⅱ- 48)

Hacer pagado
支払わせる。 (Ⅰ- 31)

Hacer penitencia
償いをする、嫌なことをする、簡単な食事をする。 (Ⅱ- 3, 50)

Hacer placer
喜ばせる。 (Ⅱ- 2)

Hacer placer y buena obra
喜ばせ、善行を施す。 (Ⅱ- 45)

Hacer pucheros
べそをかく。 (Ⅱ- 44, 74)

Hacer rostro
立ち向かう、直面する。 (Ⅱ- 32)

Hacer satisfecho
満足させる。 (Ⅰ- 17)

Hacerse cruces
　（驚いて）十字を切る、びっくりする、感嘆する。(= asombrarse)
（Ⅰ - 34, Ⅱ - 2, 14, 48）

Hacerse del rogar
　幾度も頭を下げさせる、容易にうんとは言わない。　　　（Ⅰ - 34）

Hacerse fuerza
　もがく、頑張る。　　　　　　　　　　　　　　　　　（Ⅰ - 34）

Hacerse un ovillo
　身を縮める、体を丸くする、どぎまぎする、まごつく、口ごもる、
　言いよどむ。　　　　　　　　　　　　　　　　　　　（Ⅰ - 16）

Hacer tus tus
　おいでおいでをする。(tus、tus は犬を呼ぶときの合図)　（Ⅱ - 50）

Hacer unos nuevos
　別の新しいやり方をする。　　　　　　　　　　　　　（Ⅰ - 20）

Hacer vengado
　懲らしめる。　　　　　　　　　　　　　　　（Ⅰ - 17, 18, 31）

Haciéndose más cruces, que si llevaran el diablo a las espaldas
　背中に悪魔が取り付いてでもいるかのように、何度も十字を切り
　ながら。　　　　　　　　　　　　　　　　　　　　　（Ⅰ - 8）

Harbar, harbar, como sastre en víspera de pascuas
　復活祭前夜の仕立屋のようにやっつけ仕事をする。　　（Ⅱ - 4）

Hasta el cabo del mundo
　地の果てまで。　　　　　　　　　　　　　　　　　　（Ⅰ - 28）

Hasta el día del juicio
　最後の審判の日まで。　　　　　　　　　　　　　　　（Ⅰ - 45）

Hasta el último ardite
　１銭残らずきっちり。　　　　　　　　　　　　　　　（Ⅰ - 46）

Hasta el último maravedí
　びた一文の不足もなく。　　　　　　　　　　　　　　（Ⅰ - 31）

Hasta el fin del mundo
　この世の終わりまで。　　　　　　　　　　　　　　　　　　　（Ⅰ- 38）

Hasta obra
　作品の体裁。　　　　　　　　　　　　　　　　　　　　　　　（Ⅰ- 32）

Hecho carne momia
　ミイラのように、やせこけた、骨と皮ばかりの。　　（Ⅰ- 50, Ⅱ- 1, 23）

Hecho equis
　酔っ払った。(equis = borracho)　　　　　　　　　　　　　　（Ⅱ- 59）

Hecho polvos
　へとへとになる、意気消沈している。　　　　　　　　　　　　（Ⅱ- 62）

Hecho una alheña
　くたくたに疲れている。　　　　　　　　　　　　（Ⅱ- 序文, 14, 28）

Hecho una bausán
　馬鹿みたいに、木偶みたいに。(bausán = bobalicón; tonto)　　（Ⅱ- 11）

Hecho y derecho
　本当の、文字通りの、完璧な。　　　　　　　　　　　　　　　（Ⅱ- 50）

Herido de muerte
　致命傷を負った、致命的な。　　　　　　　　　　　　　　　　（Ⅰ- 18）

Herir de pie y de mano
　手足が震える。　　　　　　　　　　　　　　　　　　　　　　（Ⅱ- 14）

Hermosa tropa
　豪勢な一行。　　　　　　　　　　　　　　　　　　　　　　　（Ⅰ- 36）

Hinchar las medidas
　例に事欠かない、例はいくらでも示される。　　　　　　　　（Ⅰ- 序文）

Hinchar un perro
　話に尾ひれをつける。　　　　　　　　　　　　　　　　　　（Ⅱ- 序文）

Hombre de bien
　まじめで誠実な人。　　　　　　　　　（Ⅰ- 40, Ⅱ- 1, 34, 40, 45, 49）

Hombre de bien y de muy buenas entrañas
　まじめで誠実でとても心根の優しい人。　　　　　　　　　　　（Ⅱ- 64）

Hombre de buenas prendas
 風貌のすぐれた人物。 (Ⅱ - 16)

Hombre de carne y de hueso
 生身の人間。 (Ⅰ - 18, Ⅱ - 1, 47, 49, 50)

Hombre de chapa
 良識を備えた男。(= todo un hombre) (Ⅱ - 16)

Hombre de pelo en pecho
 勇敢な人。 (Ⅱ - 21)

Hombre de pro
 まじめで誠実な・高潔な・立派な人。 (Ⅰ - 44)

Hombre falto de seso
 脳みその・頭脳の足りない男。 (Ⅰ - 17)

Hombre hecho y derecho
 一人前の大人。 (Ⅰ - 18, 25)

Hombre humano
 思いやりのある人。 (Ⅰ - 28)

Hueco y pomposo
 得意満面の、ご満悦の。 (Ⅱ - 62)

I

Ir a la buena hora
 さっさと出立する。 (Ⅰ - 3)

Ir a la mano
 たたく、殴る、中断する。(= interrumpir)
 (Ⅰ - 13, 47, Ⅱ - 20, 27, 28, 31, 43, 67)

Ir a los alcances
 追跡する、尾行する。 (Ⅰ - 47, 52)

Ir con el compás en la mano
 節度を持って行う。 (Ⅱ-33)

Ir con la corriente del uso
 世間一般の風潮に倣う。 (Ⅰ-序文)

Ir con la sonda en la mano
 測深器を手にして進む。 (Ⅱ-32)

Ir con pie de plomo
 注意深く・慎重に行動する。(= actuar con cuidado)〈石橋を叩いて渡る〉 (Ⅰ-「『ドン・キホーテ』の書に寄せる詩句」, Ⅱ-32)

Irle mucho en ello
 そのことに重要な訳がある。 (Ⅰ-27)

Ir muerto
 うずうずする。 (Ⅰ-25)

Irse con la corriente
 大勢に従う、時流に迎合する。 (Ⅱ-16)

Irse de las mientes
 ど忘れする、忘れてしまう。 (Ⅱ-67)

Irse en humo
 水泡に帰す。 (Ⅰ-37)

Irsele los ojos
 物欲しげに・うらやましそうに見る。 (Ⅰ-30, Ⅱ-11)

Irse por esos mundos
 諸国をめぐる。 (Ⅰ-5)

J

Juntar corrillos
 寄ってたかって、世間の噂になる。 (Ⅰ-36)

Juro cierto
　はっきりと誓う。　　　　　　　　　　　　　　　　　　　　　　（Ⅰ - 25）

Juzgar lo blanco por negro y lo negro por blanco
　白を黒と言ったり、黒を白と言ったり。　　　　　　　　　　　（Ⅱ - 4, 10）

L

Ladrón de más de la marca
　とんでもない大泥棒。　　　　　　　　　　　　　　　　　　　（Ⅰ - 22）

La flor y la nata
　精華、粋。　　　　　　　　　　　　　　　　　　　（Ⅰ - 29, Ⅱ - 31, 38）

La hora de agora
　いま現在、ちょうどいま頃、今すぐ。(= ahora mismo)　(agoraは古語)
　　　　　　　　　　　　　　　　　　　　　　　　　　　　　　（Ⅱ - 1）

La hora de ahora
　いま現在、ちょうど今ごろ、今すぐ。　　　　　　　　　　　　（Ⅱ - 59）

Lanzar fuego por los ojos
　烈火のごとく・目をむいて怒る。　　　　　　　　　　　　　　（Ⅱ - 19）

La pura verdad
　まぎれもない事実。　　　　　　　　　　　　　　　　　　（Ⅰ - 33, 36）

La quinta esencia
　精髄。(= lo mejor)　　　　　　　　　　　　　　　　　　　　（Ⅰ - 29）

Las barbas honradas
　立派な人たちの顎ひげ、立派な顎ひげ。　　　　　　　　　　　（Ⅱ - 62）

Las nubes de antaño
　去年の雲、昔の雲。（もう関係がない）　　　　　　　　　　　（Ⅱ - 73）

La verdad desnuda
　事実ありのまま、赤裸々な真実。　　　　　　　　　　　　（Ⅰ - 34, Ⅱ - 2）

Le cayó en las mientes
　確信する。　(Ⅰ-52)

Lengua viperina
　毒舌家。　(Ⅰ-33)

Les salió al camino
　途中で待ち伏せる、迎えに出る、会いに行く。　(Ⅱ-16)

Les tomó la noche
　日が暮れた。　(Ⅰ-19)

Levantar las tablas
　食卓を片付ける。　(Ⅰ-21)

Levantar los manteles
　テーブルクロスを取り払う。　(Ⅰ-33, 38, Ⅱ-51, 62)

Libre y sin costas
　傷も負わずに無事で。　(Ⅰ-15)

Llamarse a engaño
　騙されていたと嘆く。　(Ⅱ-71)

Llegar apenas a los labios
　ほとんど味わえない。　(Ⅰ-16)

Llegar con las manos limpias
　手を汚さずに済む。〈濡手に粟〉　(Ⅱ-45)

Llegar muy al cabo
　駆けつける。　(Ⅰ-15)

Llenarse los ojos de agua
　目にいっぱいの涙を浮かべる。　(Ⅰ-42)

Llevar a cargo
　役を演じる・引き受ける。　(Ⅱ-44)

Llevar bien herrada la bolsa
　しっかり金具で補強した財布を身につける。　(Ⅰ-3)

Llevar el gato al agua
　(進んで)やる。　(Ⅰ-8)

Llevar en peso
 ひとりで取り仕切る、腕をのばして支える。 (Ⅱ - 62)

Llevar en volandillas
 宙を飛ぶようにして・すっ飛んで・大急ぎで運ぶ。 (1 - 31)

Llevar en vuelo
 気持ちがはやる・急きたてられる。 (Ⅰ - 28)

Llevar la embajada
 使者に立つ。 (Ⅰ - 33)

Llevar la palma
 優れる、勝つ。 (Ⅱ - 3)

Llorar lágrimas de sangre del corazón
 悲嘆に暮れる。 (Ⅰ - 33)

Loco de atar
 とても頭の変な。 (Ⅱ - 10)

Lo demás allá se avenga
 その他のことは私のあずかり知らぬ事。 (Ⅰ - 30)

Lo vi por mis propios ojos
 この目で見たことだ。 (Ⅱ - 23)

Luego al punto
 今すぐ。(= ya mismo) (Ⅰ - 52)

Luego luego
 直ちに、即刻、即座に。 (Ⅱ - 63)

M

Mala catadura
 嫌な感じ・態度・顔つき。 (Ⅱ - 34)

Mal año y mal mes
 気の毒ながら、～には悪いが。 (Ⅰ - 25)

Mala ojeriza
嫌悪、反感、恨み、敵意。 (Ⅱ - 36)

Malas lenguas
悪口、毒舌。 (Ⅰ - 20)

Mal de su grado
(人の)意に反して。 (Ⅰ - 19, 44, Ⅱ - 14, 17, 26)

Mal me han de andar las manos
私の両手が物の役に立たなくなったようだ。 (Ⅰ - 15, 43)

Mal para el cántaro
ひどい目にあうのは水瓶。 (Ⅰ - 20)

Mal pecho
さもしい。 (Ⅱ - 57)

Mal pelaje y catadura
見た目にも異様な身なりと顔つき。 (Ⅰ - 52)

Mal que le pesase
あなたが・彼が・彼女が望まなくても、嫌であっても。 (Ⅰ - 29, 47)

Mal que les pese
皆さんが・彼らが・彼女らが望まなくても、嫌であっても。

(Ⅱ - 37)

Mal que nos pese
私たちが望まなくても、嫌であっても。 (Ⅱ - 10, 33)

Mal recado
不注意、油断、無頓着、無精、だらしなさ、誤り、過失。(= descuido)

(Ⅰ - 15, Ⅱ - 38)

Mal talante
不機嫌、悪い気質、虫の居所の悪い。 (Ⅱ - 36, 64)

Mano a mano
差し向かいで、ふたりきりで、対等に、互角に、対決、対談。

(Ⅰ - 24, Ⅱ - 25, 46)

Manos a la labor
　仕事にとりかかる。　　　　　　　　　　　　　　　　　（Ⅰ-29, Ⅱ-25）

Manos a la obra
　仕事にとりかかる。　　　　　　　　　　　　　　　　　　　　（Ⅰ-26）

Mascar a dos carrillos
　がつがつ食べる、儲かる仕事を掛け持ちする、双方からうまい汁を吸う。　　　　　　　　　　　　　　　　　　　　　　　　　　（Ⅱ-62）

Matar la caspa
　ふけを落とす。　　　　　　　　　　　　　　　　　　　　　　（Ⅱ-44）

Matar las velas
　ろうそくの灯を消す。(matar = apagar)　　　　　　　　　　　（Ⅱ-44）

Me dio el alma
　私は〜という気がした、第六巻でぴんときた。　　　　　　　　（Ⅰ-30）

Mejorado en tercio y quinto
　大いに良くなって。　　　　　　　　　　　　　　　（Ⅰ-21, Ⅱ-31, 40）

Me las pelaría
　髭という髭を剃り落としてみせましょう。(日本の「頭をまるめる」の意)　　　　　　　　　　　　　　　　　　　　　　　　　　（Ⅰ-22）

Mentir por mitad de la barba
　ぬけぬけと嘘をつく。　　　　　　　　　　　　　　　　　　　（Ⅱ-54）

Me pondrá en la espina de Santa Lucía
　憔悴して・眼が回ってぶっ倒れそう。　　　　　　　　　　　　（Ⅱ-3）

Meter en los cascos
　頭に入れておく。　　　　　　　　　　　　　　　　　　　　　（Ⅰ-47）

Meter las manos hasta los codos
　肘までどっぷりと手を染める。　　　　　　　　　　　　　　　（Ⅰ-8）

Meter mano
　手にする、手をかける、振りかざす。　　　　　　　　　　　　（Ⅰ-41）

Meterse de rondón
　なんの断りもなしに・勝手気ままに割り込む。　　　　　　　　（Ⅱ-32）

Meterse en dibujos
　余計なことを言う。　　　　　　　　　　　　　　　　　　（Ⅱ - 5, 26）

Meter un ojo en el otro
　やぶにらみの、斜視の人。(= ser bisco)　　　　　　　　　（Ⅰ - 22）

Mía fe
　誓って言う、私の信じるところでは。　　　　　　　　　　（Ⅰ - 50）

Miel sobre hojuelas
　それはますます結構だ。　　　　　　　　　　　　　　　　（Ⅱ - 69）

Mirar a hurto
　ひそかに見る、眼を盗んでみる。　　　　　　　　　　　　（Ⅰ - 43）

Mirar de hito en hito
　じっと・じろじろ見る。　　　　　　　　　（Ⅰ - 28, Ⅱ - 序文, 28, 47）

Mirar de mal ojo
　白い目で見る、悪意をもって見る。　　　　　　　　　　　（Ⅱ - 5）

Mirar en ello
　そのことに目を注ぐ・注目する。　　　　　　　　　　　　（Ⅰ - 40）

Mirar por el virote
　自分のことは自分でする。(= atender cada uno lo propio)　（Ⅱ - 49）

Moler como cibera
　ひき臼のなかの穀物のように痛めつける。　　　　（Ⅰ - 4, 44, Ⅱ - 28）

Mondarse los dientes
　爪楊枝を使う。　　　　　　　　　　　　　　　　　　　　（Ⅰ - 50）

Morderse la lengua
　舌を噛み切る、喋りたいのをこらえる。　　　　　　　（Ⅱ - 23, 31）

Morderse tres veces la lengua
　舌を三度かむ。　　　　　　　　　　　　　　　　　　　　（Ⅰ - 30）

Morirse de risa
　抱腹絶倒する。　　　　　　　　　　　　　　　　　　　　（Ⅱ - 23）

Moza de chapa
　しっかりした娘、良識・常識を備えた娘。　　　　　　　　（Ⅰ - 25）

Mozo motilón
　（修道院の）平修士。　　　　　　　　　　　　　　　　（Ⅰ-25）

Mudar la color
　顔色を変える。　　　　　　　　　　　　　　　　（Ⅰ-29, Ⅱ-21）

Mudó la color del rostro
　顔色が変わった。　　　　　　　　　　　　　　　　　（Ⅰ-28）

Muerto de envidia
　嫉妬に胸をこがす、羨望・ねたみ・嫉妬のかたまり。　　（Ⅰ-32）

Muerto de risa
　笑い転げて、腹を抱えて笑う。　　　　　　　　　　　（Ⅰ-43）

Mujer de pro
　非の打ち所のない女性、立派な女性。　　　　　　　　（Ⅱ-25）

Murmurando entre los dientes
　口の中でぶつぶつ言う、不平を言う。　　　　　　　　（Ⅰ-40）

Muy a su sabor
　好き勝手に。　　　　　　　　　　　　　　　　（Ⅰ-26, 31, 45）

Muy a su salvo
　とても首尾よく。　　　　　　　　　　　　　　　　　（Ⅰ-19）

Muy a tu sabor
　思う存分。　　　　　　　　　　　　　　　　　　　　（Ⅰ-15）

Muy leído
　非常に博識な。　　　　　　　　　　　　　　　　　　（Ⅰ-12）

Muy peor
　もってのほか、はなはだよろしくない。　　　　　　　（Ⅰ-34）

N

Nacer es las malvas
　卑しい生まれ、生まれぞこない。　　　　　　　　　　（Ⅱ-4）

Nata y flor
　粋にして華。 (Ⅱ-56)

Ni a tres tirones
　〈一筋縄では行かぬ〉 (Ⅱ-41)

Ni grado ni gracias
　ありがたみもなければ面白くもない、面白くもなければおかしくもない。 (Ⅰ-25)

Ni más ni menos
　ちょうど、まさに、単に、ただ。
(Ⅰ-15, 32, 45, Ⅱ-12, 50, 60, 62, 63, 68, 73)

Ni por pienso
　考えるのも・絶対によくない。 (Ⅰ-4, 21, 30, 35, Ⅱ-14, 36, 43, 49)

Ni por semejas
　似た類なし、その片鱗もない。 (Ⅰ-12, Ⅱ-3, 35)

Ni veas ni oyas a derechas
　じかに会ったり聞いたりするな。 (Ⅰ-18)

No acordarse más que de las nubes de antaño
　昨年の雲のことよりさらに覚えていない。 (Ⅱ-43)

No apartarse un dedo
　指一本ほども離れない。 (Ⅰ-20, 23)

No caber en sí de contento
　喜びに満ちあふれている。 (Ⅱ-62)

No cocérsele a uno el pan
　我慢・辛抱できない、性急な、せっかちな。(＝ no poder contener la paciencia; estar impaciente)
(Ⅰ-「『ドン・キホーテ』の書に寄せる詩句」, Ⅱ-25, 52, 65)

No comeré bocado que bien me sepa
　パン切れの一つも口にしないつもり。 (Ⅱ-2, 41)

No dar dos maravedís
　２マラベディにもならない、何の役にも立たない。 (Ⅰ-23)

No dar puntada
何もしない、手をこまねいている。(= despreocuparse; no entender nada) (Ⅱ - 62)

No darse a manos
処理しきれない。(= na dar abasto) (Ⅰ - 22)

No dársele nada
無頓着に、意に介せず。 (Ⅰ - 28, 41, Ⅱ -10)

No dársele un ardite
びた一文払おうとしない。 (Ⅰ - 23, Ⅱ - 序文, 2, 22, 25, 32, 71)

No darse punto de reposo
息つく間もなく。 (Ⅰ - 16)

No dar una en el clavo
何一つ理解できない、的外れ、見当違い。
  (Ⅰ -「『ドン・キホーテ』の書に寄せる詩句」)

No decirlo por tanto
そんなつもりで言うのではない。 (Ⅱ - 1)

No dejar cosa sana
すべてをぶちのめす・ぶち壊す。 (Ⅰ - 16)

No dejar de la mano
やめない、放置しない、見捨てない。 (Ⅱ - 70)

No dejar hueso sano
文句をいう、こき下ろす。(= murmurar; criticar) (Ⅱ - 序文, 2, 10)

No descoser los labios
口を閉ざしたままでいる。 (Ⅱ - 60, 69)

No desplegar los labios
口を閉ざしたままでいる。 (Ⅰ - 20, 33, Ⅱ - 10)

No echarlo en saco roto
(何かを)忘れないでいる、留意する。 (Ⅱ - 51)

No en mis días
私の目の黒いうちはあり得ない。 (Ⅱ - 5)

No es así como quiera
　気まぐれではない、いい加減なでたらめではない。　　（Ⅰ - 20, 22）

No estimarlo en dos ardites
　ほとんど評価しない、洟にもひっかけない。　　（Ⅰ - 17, Ⅱ - 27, 69）

No estoy para dar migas a un gato
　猫にパン屑ひとつやれそうにない・やる気にもなれない。　　（Ⅱ - 66）

No faltar dos dedos
　もうちょっとで。　　（Ⅱ - 52）

No hablar palabra
　一言もしゃべらない。　　（Ⅰ - 36）

No hacer al caso
　無視する、関係がない。　　（Ⅰ - 9, Ⅱ - 42）

No hacer baza
　影が薄い、勝ち目がない。　　（Ⅱ - 46）

No hace más caso que a las nubes de antaño
　去年の雲ほどにも気にかけない。　　（Ⅱ - 58）

No hay pensar
　考えられない。　　（Ⅰ - 42）

No importar dos maravedís
　2マラベディスほどのこともない、構うことはない。　　（Ⅰ - 序文）

No ir a la mano
　つっかえることなしに、うまくいけば、中断なしに。（= no interrumpir）　　（Ⅰ - 20）

No irle en zaga
　（人）に後れを取らない。　　（Ⅰ - 1）

No ir muy fuera de camino
　まんざら的外れではない。　　（Ⅰ - 22）

No la alcanzara una jara
　投げ槍でも追いつかないほど。　　（Ⅱ - 23）

No le conociera la madre que lo parió
  彼を産んだ母親が見ても分からないほどに。 （Ⅰ-26）

No llegar al zapato
  足元にも及ばない、到底かなわない。 （Ⅰ-30, Ⅱ-3, 48）

No llevar pies ni cabeza
  少しも要領を得ない、支離滅裂である。 （Ⅰ-48, Ⅱ-5, 33）

No me llamaría yo como me llamo
  今の名前の私ではないだろう。 （Ⅰ-35）

No meterse en dibujos
  余計な口出しをしない。 （Ⅰ-「『ドン・キホーテ』の書に寄せる詩句」）

No meterse en vidas ajenas
  他人の生活に干渉しない。 （Ⅰ-「『ドン・キホーテ』の書に寄せる詩句」）

No pagar un solo cornado
  １コルナドすら払わない、びた一文払わない。 （Ⅰ-17）

No poder dar un paso
  措置を講じられない、行動を起こせない。 （Ⅰ-8）

No poder irse a la mano
  どうにも抑えられない、自制心を失う。 （Ⅰ-13, 39）

No poderse tener
  立ち上がることも出来ない、身を起こすことも出来ない。 （Ⅰ-17）

No quiero de tu capilla
  （托鉢僧のように）いらないと言いながら（僧衣の）フードに受け取る、陰でこっそり賄賂を受け取る。 （Ⅱ-42）

No quitar los ojos
  目をそらさない。 （Ⅰ-17, 36）

No responder palabra
  ひとことも答えない、うんともすんとも言わない。 （Ⅰ-24, 28, 41）

No salir a la plaza
  人前に姿を見せない、外出しない。 （Ⅱ-序文）

No salirse de un punto
その意図から外れない。 （Ⅰ- 28）

No se me da un higo
私にとってどうということはない、私は少しもかまわない。
（Ⅱ- 8）

No sepamos cuál es nuestro pie derecho
どっちが自分の右足かも分からないようになる。 （Ⅰ- 18）

No sé qué diablos ha sido
いったいどんな悪魔の仕業か。 （Ⅰ- 43）

No sé qué se fue
どうしてか・何があったか私には分からない。 （Ⅰ- 27）

No sería yo hija de quien soy
私は両親の娘ではありえないでしょう。 （Ⅰ- 35）

Nos han de oír los sordos
私たちのことが耳の不自由な人たちにでも聞こえるくらい。
（Ⅱ- 3, 60）

No sino dormíos
眠るだけしか能がない。 （Ⅰ- 29）

Nos quita mil canas
白髪頭が若返るくらい・心配事を忘れてしまうくらい夢中になって。 （Ⅰ- 32）

No tener blanca
一文無し。 （Ⅰ- 3）

No tenerlas todas consigo
泰然自若というわけではない、脚が震えないわけではない。
（Ⅰ- 19, Ⅱ- 63）

No tener mucha cuenta
あまり気にかけない。 （Ⅰ- 8）

No tener nada de manco
両手がそろっている、両の手に申し分なし。 （Ⅱ- 44）

No tener oficio ni beneficio
   失業中である。 (Ⅱ - 49)

No tener un cuarto
   びた一文ない。 (Ⅱ - 20)

No tener valor para matar una pulga
   虫も殺さぬ、臆病な。 (Ⅰ - 30)

No tocarle en el pelo de la ropa
   (人)に指一本触れない、少しの危害も加えない。 (Ⅱ - 60)

No valer dos habas
   そら豆2粒ほどの価値もない。(少しの価値・値打ちもない) (Ⅱ - 47)

No valer dos maravedís
   2マラベディスほどの価値もない。(少しの価値・値打ちもない)
   (Ⅰ - 7)

No valer un cuatrín
   1クアトゥリンほどの価値もない。(少しの価値・値打ちもない。
   cuatrínはイタリア硬貨) (Ⅱ - 62)

No va más en mi mano
   どうにも抑えきれない・こらえきれない。(私にはこれ以上は無理)
   (Ⅱ - 48)

No ver la hora
   待ち焦がれる。 (Ⅰ - 3, 41)

No volver el pie atrás
   引き返さない、前言を取り消さない、譲歩しない。 (Ⅰ - 3)

O

Oído alerto
   聞き耳を立てる、耳をそばだてる、耳を澄ます。 (Ⅱ - 59)

Oler de media legua
半レグア先からでもにおう。 (Ⅰ - 47)

Oliscar a tercera
どうやら取り持ち女らしい。 (Ⅱ - 40)

Otro gallo te cantara
ほかの雄鶏がうたったかも知れない。(もっと違ったことに・ましなことになっていたろうに)(＝ mejor te iría) (Ⅱ - 70)

P

Pagar con las setenas
7倍の懲罰で償う。 (Ⅰ - 4)

Pagar en la misma moneda
(相手の態度に)相応の対応をする、それに見合うような返礼をする。 (Ⅱ - 25)

Pagar un cuarto sobre otro
びた一文欠けずに・耳をそろえて払う。(cuartoは銅貨、1 cuarto = 4 maravedís) (Ⅰ - 35)

Pagar un real sobre otro
きちんと全額払う。 (Ⅰ - 40)

Pagar un real sobre otro y aun sahumados
全額そろえ、さらに少々色をつけて払う。 (Ⅰ - 4, 31)

Palmo a palmo
少しずつ、ぽちぽち、十二分に、事細かに。 (Ⅰ - 39)

Pan de trastrigo
小麦のパンより上等のパン。(あり得ない) (Ⅰ - 7)

Paño de tocar
ナイトキャップに代わる布、髪を押さえる布。 (Ⅰ - 28)

Papar duelos
 どうにでもなれ、泣きをみる。(＝ parta un rayo)　　　　　　　(Ⅰ - 18)

Papar viento
 何もしない、なまける。(＝ no hacer nada; estar ocioso)　　　(Ⅱ - 31)

Para mi santiguada
 誓ってもいいけど。　　　　　　　　　(Ⅰ - 5, 32, Ⅱ - 20, 32, 33)

Para mis barbas
 おいらの顎鬚にかけて。　　　　　　　　　　　　　　(Ⅰ - 18, 21)

Para mi tengo
 私の見るところでは。　　　　　　　　　　　　　　　　　(Ⅱ - 9)

Parando mortal el rostro
 死人のような顔色に変わる、顔から血の気が引く。(＝ demudar el semblante)　　　　　　　　　　　　　　　　　　　　　　　(Ⅰ - 26)

Pararse colorada
 顔を赤くする。　　　　　　　　　　　　　　　　　　　(Ⅰ - 46)

Para servir a Dios
 何なりとお申し付け下さい、さようでございます。　　(Ⅰ - 22)

Par Dios
 神かけて。　　　　　　　　　　(Ⅰ - 29, Ⅱ - 49, 50, 53, 72)

Parecerse como un huevo a otro
 卵が別の卵に似ているように瓜二つ・そっくり。　　　(Ⅱ - 14)

Parecer un ascua de oro
 まばゆいほどの、絢爛豪華な。　　　　　　　　　　　(Ⅱ - 58)

Parte por parte
 逐一、全部、詳細に。　　　　　　　　　(Ⅰ - 25, 33, Ⅱ - 32)

Partir como un rayo
 あたふたと飛び出していく。　　　　　　　　　　　　(Ⅱ - 45)

Pasar a cuchillo
 (戦争で捕虜などを)虐殺する。　　　　　　　　　　　(Ⅰ - 41)

Pasar de claro
 まっしぐらに、素通りする。(= pasar de largo)   (Ⅱ - 72)

Pasar de la memoria
 記憶から消える、忘れ去る、失念する。   (Ⅰ - 19)

Pasar de la raya y llegar a lo vedado
 度を超し取り返しのつかないことになる。   (Ⅰ - 20)

Pasar de largo
 そっけなく通り過ぎる、素通りする、無視する。   (Ⅱ - 16, 24)

Pasar de esta vida
 この世を去る。   (Ⅰ - 30)

Pasar en flores
 霞を食って生きる。   (Ⅰ - 10)

Pasar en silencio
 (何か)を伏せておく、省略する。   (Ⅰ - 27, 28)

Pasar la tela
 闘牛場に入る・登場する、柵を越える。   (Ⅱ - 17)

Pasar por el pensamiento
 思いつく、考えが及ぶ。   (Ⅰ - 30, Ⅱ - 序文)

Pasmarse de arriba abajo
 びっくり仰天する、茫然と立ち尽くす。   (Ⅰ - 20)

Paso ante paso
 一歩一歩。   (Ⅱ - 17, 20, 50)

Patas arriba
 逆さまに、ひっくり返って、乱雑を極めて。   (Ⅰ - 20)

Pecador soy yo a Dios
 ああ情けない、ああ何ということだ。   (Ⅰ - 18)

Pedir con muchas veras
 心からお願いする、ぜひにと頼む。   (Ⅰ - 32)

Pedir por amor de Dios
 神の愛にすがる。   (Ⅰ - 23, 24, 25, 27, 31)

Pedir un don
 懇願する。 (Ⅰ- 29)

Pegar el ojo
 眠る。 (Ⅱ- 23)

Pegar los ojos
 眠りに落ちる、眠る。 (Ⅱ- 60)

Pensar en lo excusado
 余計なことを考える、話にならない、出来ない相談。 (Ⅱ- 15)

Perder de una mano a otra
 右から左にいっぺんになくなる、目の前から消える。 (Ⅰ- 26)

Perder el juicio
 理性を失う、気が変になる。 (Ⅰ- 1, 10, 18, 26, 28, Ⅱ- 23)

Perder el seso
 気が狂う、頭が変になる。 (Ⅰ- 狂乱のオルランドのソネット)

Perder la color
 (顔)色を失う (Ⅰ- 36)

Perder la color del rostro
 顔色を変える。 (Ⅱ- 63)

Perder los estribos
 でたらめを言う、馬鹿げたことをする、滑る、滑って転ぶ。(= desbarrar) (Ⅰ- 49)

Persona humana
 人間。(文中では nadie に等しい：No es nadie。) (Ⅰ- 28, Ⅱ- 62)

Persona de cuenta
 責任ある人、人望のあつい人物。 (Ⅰ- 39)

Pie de altar
 (結婚式などで教会に支払う)謝礼金。 (Ⅰ- 26)

Poca sal en la mollera
 ちょっと脳味噌の足りない。 (Ⅰ- 7)

Pocas letras
  教養不足、浅学。 (Ⅰ - 序文)

Poco a poco
  少しずつ、徐々に。 (Ⅰ - 18, 20, 21, 22,
  23, 25, 28, 29, 33, 35, 40, 41, Ⅱ - 17, 22, 28, 29, 41, 53, 60, 61,63, 66, 74)

Poco más o menos
  大体、ほぼ、およそ。 (Ⅰ - 23, Ⅱ - 9)

Poner a brazos
  闘う。(= luchar) (Ⅰ - 34)

Poner alas al deseo
  快楽に走る。 (Ⅰ - 27)

Poner cual no digan dueñas
  本人たちでさえ口を憚るようなことを書く。 (Ⅱ - 8)

Poner el cuello en la gamella
  絹のくびきを首につける。 (Ⅰ - 11)

Poner el negocio en aventura
  事を危険にさらす・危うくする。 (Ⅰ - 40)

Poner en bando
  よみがえる、生き返る。 (Ⅰ - 28)

Poner en cobro
  安全な場所におく、安泰にする。 (Ⅱ - 53)

Poner en la lengua
  言わせる。 (Ⅰ - 19)

Poner en las manos
  提供する、委ねる。 (Ⅰ - 33, 43)

Poner en obra
  実行に移す、着手する。 (Ⅰ - 49, Ⅱ - 30, 52)

Poner en paz
  とり静める。 (Ⅰ - 8, 24)

Poner en pico
告げ口する。(= contar) （Ⅱ - 50）

Poner en pretina
従わせる、しかるべく振る舞わせる、言うことを聞かせる、手綱を締める。(= meter en cintura)。 （Ⅱ - 47）

Poner en su punto
調整する；(適切な対策などを)講じる・実現する。 （Ⅰ - 27, 37）

Poner la mano en la horcajadura
礼を失する、馴れ馴れしすぎる。(= faltar al respeto; demasiada familiaridad) （Ⅰ - 30）

Poner lengua
人の悪口を言う。(= murmurar de alguien; hablar mal de alguien)
（Ⅰ - 30, Ⅱ - 6）

Poner los ojos
目を向ける、注目する。 （Ⅰ - 献辞, 3, 21, 30, 36, Ⅱ - 8）

Poner los pies
足を踏み入れる、立ち入る。 （Ⅰ - 29, 34, Ⅱ - 59）

Poner los pies en polvorosa
雲隠れする、姿をくらます。〈尻に帆かける〉
（Ⅰ - 出しゃばり詩人ドノーソの詩句, 21, Ⅱ - 28）

Poner más blando que un guante
手袋よりも柔らかくする。 （Ⅰ - 25）

Poner por obra
実行に移す、着手する。 （Ⅰ - 24, 27, 28, 29, 34, 39, 40, 41）

Poner por tierra
取り除く、取り払う。 （Ⅰ - 40）

Poner prendas
証しにする、担保にする。 （Ⅰ - 40）

Poner sal en la mollera
(人)を落ち着かせる。 （Ⅰ - 37）

Poner a lo verano
　夏物の服に着替える。　　　　　　　　　　　　　　　　　　（Ⅱ - 72）

Ponerse a mirar
　見守る。　　　　　　　　　　　　　　　　　　　　　　　　（Ⅰ - 8）

Ponerse de hinojos
　ひざまずく。　　　　　　　　　　　　　　　　　　（Ⅰ - 46, Ⅱ - 10, 30）

Ponerse en cobro
　(安全な場所に)隠れる、避難する。　　　　　　　　　　　　（Ⅰ - 35）

Ponerse en las manos de Dios
　神の手に身を委ねる。　　　　　　　　　　　　　　　　　　（Ⅰ - 40）

Poner sobre la cabeza
　頭の上に押し戴く。　　　　　　　　　　　　　　　（Ⅰ - 6, 31, Ⅱ - 47）

Poner sobre las niñas de sus ojos
　自分の瞳の上にでも置く。　　　　　　　　　　　　　　　　（Ⅱ - 33）

Por bien de paz
　安定した生活のために、将来の安定のために。　　　　　（Ⅰ - 20, Ⅱ - 48）

Por Dios que no soy nada blanco
　決して私は間抜けではない。　　　　　　　　　　　　　　　（Ⅰ - 32）

Por el Dios que nos rige
　われらの統治者たる神にかけて。　　　　　　　　　　　　　（Ⅰ - 4）

Por el mismo tenor
　同じような調子で。　　　　　　　　　　　　　　　　　　　（Ⅱ - 41）

Por el siglo de mi madre
　母の後生にかけて。　　　　　　　　　　　　　　　　　　　（Ⅰ - 35）

Por el sol que nos alumbra
　この世を照らす日輪にかけて。　　　　　　　　　　　　　　（Ⅰ - 4）

Por la posta
　乗り継ぎ馬で。　　　　　　　　　　　　　　　　　　　　　（Ⅱ - 5）

Por lo menos menos
　少なくとも。　　　　　　　　　　　　　　　　　　　　　　（Ⅰ - 50）

Por lo que pudiere suceder
 万が一の場合に備えて。 (Ⅰ - 20)

Por los huesos de mi padre
 私の父の遺骨にかけて。 (Ⅰ - 35)

Por los ojos que en la cara tenía
 顔にある両目にかけても。 (Ⅰ - 26)

Por menudo
 こと細かに。 (Ⅰ - 48, Ⅱ - 62)

Por milagro
 奇跡的に。 (Ⅰ - 20, Ⅱ - 62)

Por modo de fisga
 からかうような調子で、嘲笑・あざけりの様子で。 (Ⅰ - 20)

Por momentos
 刻々、絶えず；今にも。 (Ⅱ - 1)

Por siempre jamás amén
 いつまでも、永久に、未来永劫にわたって。 (Ⅰ - 46)

Por sí o por no
 万が一を見込んで、いずれにせよ、念のため。(= por si acaso)
 (Ⅰ - 19, Ⅱ - 13, 14, 67, 74)

Por sus pasos contados
 ゆっくり、マイペースで。 (Ⅱ - 29)

Prestar paciencia
 観念する。 (Ⅰ - 44)

Probar otra vez la mano
 また運を試す、宝くじを買う。 (Ⅰ - 45)

Pública voz y fama
 世間の噂と評判。 (Ⅱ - 25)

Puesto caso
 たとえ〜だとしても。 (Ⅱ - 44)

Puesto en la estacada
　窮地に陥った・立たされた。　　　　　　　　　　　　　　　　（Ⅰ- 33）

Punto de honra
　名誉・面子にかかわる問題。　　　　　　　　　　　　　　　　（Ⅰ- 33）

Punto por punto
　詳細に、逐一。　　　　　　　　　（Ⅰ- 4, 30, 46, 50, 51, Ⅱ- 32, 33, 56, 59）

Pura verdad
　明白な事実。　　　　　　　　　　　　　　　　　　　　　　　（Ⅰ- 48）

Q

Quebrarse la cabeza
　頭を悩ます。　　　　　　　　　　　　　　　　　　　　　　　（Ⅱ- 5）

Quedar heredado
　相続する。　　　　　　　　　　　　　　　　　　　　　　　　（Ⅰ- 12）

Quedar pasmado
　体をこわばらせる、声を失う。　　　　　　　　　　（Ⅱ- 46, 49, 50, 63）

Quedar preso
　虜になる。　　　　　　　　　　　　　　　　　　　　　　　　（Ⅰ- 28）

Quedarse con la boca abierta
　呆気に取られる。　　　　　　　　　　　　　　　　　　　　　（Ⅰ- 51）

Quedarse pelando las barbas
　髭をむしって悔しがる。〈後の祭り〉　　　　　　　　　　　　（Ⅱ- 1）

Quedar suspenso
　驚く。　　　　　　　　　　　　（Ⅰ- 17, 44, 50, 51, Ⅱ- 16, 47, 55, 56, 64）

Que es otro que tal
　相当なもの、かなりのもの。　　　　　　　　　　　　　　　　（Ⅰ- 29）

Quejarse en voz y en grito a Dios y al Rey
　神と王に向かって大声で訴える。　　　　　　　　　　　　　　（Ⅱ- 6）

Quemarse las cejas
 一生懸命に勉強する。 （Ⅰ-「『ドン・キホーテ』の書に寄せての詩句」, 48）

Que orégano sea
 ありがたい物でありますように。 （Ⅰ-21）

Qué se me da a mí
 どこに違いがあろうか、私にとっては同じこと。 （Ⅱ-60）

Quítame allá esas pajas
 たちまち、一瞬のうちに、いとも簡単に。 （Ⅰ-7）

Quitarse un bigote
 口ひげの片方をむしり取る。 （Ⅰ-30）

R

Rabo entre piernas
 しっぽを巻いて。 （Ⅰ-22）

Rasa como la palma de la mano
 手の平のようにすべすべ。 （Ⅰ-18）

Rata por cantidad
 比例して、案分して、割合に応じて。（＝ a proffato; a proporción）
  （Ⅰ-20, Ⅱ-28）

Razón y cuenta
 仕事の割り振りや計算。 （Ⅰ-28）

Remondarse el pecho
 咳払いをする。 （Ⅱ-46）

Requerir de amores
 （女性に）求愛する、口説く。 （Ⅰ-28）

Retirarse con gentil compás de pies
 さっさと退散する。 （Ⅰ-19）

Reventar de risa
    腹を抱えて笑う。 （Ⅰ - 3, Ⅱ - 38）

Reventar el corazón en pecho
    胸が高鳴る。 （Ⅰ - 20）

Reventar riendo
    笑いで腹が裂ける。 （Ⅰ - 20, Ⅱ - 31）

Rey ni roque
    たとえ誰であろうとも。 （Ⅱ - 25）

Risa de jimia
    口もとをほころばす。 （Ⅱ - 44）

Roer los huesos
    つぶやく、不平を言う、悪口を言う、陰口をたたく。(= murmurar)
    （Ⅱ - 49）

Roer los zancajos
    人の悪口を言う、陰口をたたく。(= murmurar de alguien) （Ⅱ - 36）

Rogar buenos
    立派な方々・身分の高い人たちが望んで・願っている。 （Ⅱ - 40）

Romper lanzas
    危険をおかす、いさかいを起こす。(= allanar dificultades) （Ⅰ - 46）

Romper y atropellar por dificultades
    困難を克服し切り抜ける。 （Ⅰ - 序文）

Rostro de media legua de andadura
    半レグアもあろうかと思われるほど長い顔。 （Ⅰ - 37）

S

Sabe Dios cómo
    どのようにかは神がご存知。 （Ⅱ - 49）

Saber de buena parte
 たしかな筋からの情報で知る。 (Ⅱ - 33)

Saber de coro
 そらで覚えている。 (Ⅰ - 序文, 22)

Sacar a la plaza
 広い世間にさらす、人前にさらす。 (Ⅱ - 59, 62)

Sacar a las barbas del mundo
 世界中に暴露する。 (Ⅱ - 72)

Sacar a plaza
 引き出す、もたらす。 (Ⅱ - 16)

Sacar a vistas
 人の目にさらす。 (Ⅱ - 62)

Sacar de adahala
 祝儀として手にする、申し受ける。(adahala = propina) (Ⅰ - 31)

Sacar de harón
 惰性から抜け出る。(harón = perezoso) (Ⅱ - 35)

Sacar de juicio
 分別・正気を失う。 (Ⅰ - 46)

Sacar de quicio
 誇張する。 (Ⅱ - 46, 49)

Sacar de sus casillas
 生活態度を変えさせる、激怒させる。 (Ⅱ - 2, 42)

Sacar el alma a puntillazos
 魂を蹴り出す。 (Ⅱ - 63)

Sacar el pie del lodo
 窮地から救う。(= sacar de apuros) (Ⅱ - 5)

Sacar en limpio
 はっきり理解する、正確につかむ・分かる。

(Ⅰ - 18, 22, 26, Ⅱ - 18, 26, 27)

Sacar fuerzas de flaqueza
　空元気をふりしぼる。　　　　　　　　　　　　　　　　（Ⅰ-15, Ⅱ-28）

Sacar la barba del lodo
　窮地から救う。(= sacar de apuros)　　　　　　　　　　（Ⅰ-25）

Sacar vrdadero
　真実であることを照明する。　　　　　　　　　　　　（Ⅰ-11）

Salir a buen puerto
　最後の港まで漕ぎ着ける、おしまいまで続ける。　　　（Ⅰ-30）

Salir a la plaza
　広まる、暴露される、公になる。(= divulgarse; publicarse)
　　　　　　　　　　　　　　　　　　　（Ⅰ-28, 33, 34, Ⅱ-38）

Salir a la vergüenza
　さらし者になる。　　　　　　　　　　　　　　　　　（Ⅰ-22）

Salir al gallarín
　うまくいかない、打撃をこうむる。(gallarín = muy mal)　（Ⅱ-66）

Salir a los hocicos
　悪い結果になる、ひどい目にあう。　　　　　　　　　（Ⅱ-13）

Salir del aprieto
　窮地から脱する。　　　　　　　　　　　　　　　　　（Ⅰ-20）

Salir en público
　人前に出る、人前に顔を出す。　　　　　　　　　　　（Ⅱ-48）

Salirle al camino
　（人）を迎えに出る、会いに行く、途中で待ち伏せる。（Ⅱ-15）

Sano y salvo
　無事に、つつがなく。　　　　　　　　　　　　　　　（Ⅰ-20）

Sano y salvo y sin cautela
　無事に何の心配もなく。　　　　　　　　　　　　　　（Ⅰ-20）

Santiago, y cierra, España
　サンティアゴ、かかれエスパーニャ！（レコンキスタの時のスペイン軍の鬨の声。サンティアゴはスペインの守護神聖ヤコブのスペイン

語名） (Ⅱ-4)

Se las tenía tiesas
頑固である、言い出したら後に引かない、他人の言いなりにならない。 (Ⅱ-49)

Se me revuelve el alma
魂がひっくり変える。 (Ⅰ-25)

Ser de más cómodo
もっと都合のよい・役に立つもの。 (Ⅰ-11)

Ser la lumbre de sus ojos
非常に大切なもの、大切なかわいい人。 (Ⅱ-33)

Ser largo de contar
話せば長いこと。 (Ⅱ-72)

Ser pan agradecido
パンの恩を忘れない。 (Ⅱ-47)

Ser por el cabo
すばらしい出来ばえである、非の打ちどころがない。 (Ⅰ-12)

Ser público y notorio
歴然としている、常識である。 (Ⅰ-28)

Ser su rabo
その人の尻尾のようなもの。 (Ⅰ-21)

Ser tal como bueno
なかなかの上物である。 (Ⅱ-13)

Ser tan bueno como el pan
とても人が良い、親切だ。 (Ⅱ-47)

Ser nuevo Alejandro el Magno
大王アレクサンドロスの再来なり。

(Ⅰ-「『ドン・キホーテ』の書に寄せる詩句」)

Ser un Fúcar
大金持ち、億万長者。 (Ⅱ-23)

Si a mano viene
　いざとなると、多分。 (Ⅰ- 43, Ⅱ- 20)

Siendo Dios servido
　神の思し召しで。 (Ⅰ- 3)

Si mal no me acuerdo
　私の記憶がたしかなら。 (Ⅰ- 29, 40, Ⅱ- 4, 5, 7, 9, 28, 32, 38, 41, 67)

Sin aliento
　息の切れた、元気のない。 (Ⅰ- 34)

Sin blanca
　一文無し。 (Ⅱ- 4)

Sin color en el rostro
　顔の血の気が失せる。 (Ⅰ- 8)

Sin daño en las barras
　第三者を傷つけることなく、誰にも危害を加えることなく。
 (Ⅱ- 41)

Sin decir esta boca es mía
　うんともすんとも言わずに。 (Ⅰ- 30)

Sin decir palabra
　一言も言わずに。 (Ⅰ- 7, 41, Ⅱ- 48)

Sin hablar palabra
　一言もしゃべらずに。 (Ⅰ- 16, 21, 42, 50, Ⅱ- 14, 34, 48, 54, 68)

Sin hacerse más de rogar
　繰り返し頼まれるまでもなく。 (Ⅰ- 11, 28)

Sin hacerse mucho de rogar
　さほど遠慮することもなしに。 (Ⅰ- 29)

Sin más ni más
　いきなり、慌てて、理由なく、なんとなく。
 (Ⅰ- 19, 26, 34, Ⅱ- 29, 32, 42, 44, 45, 74)

Sin mover los labios
　唇を動かすことなく。 (Ⅰ- 28)

Sin mover pestaña
 まばたき一つせず、注視して、平然として。 （Ⅰ- 23, 34）

Sin mover pie ni mano
 手も足も動かさず。 （Ⅱ- 14）

Si no lo han por enojo
 差し支えなければ、お許しいただけるなら。 （Ⅰ- 29）

Si no lo tienen por enojo
 皆さんが退屈されるのでなければ。 （Ⅱ- 38）

Sin parar
 一気に。 （Ⅰ- 28）

Sin pegar pestaña
 一睡もせずに。 （Ⅱ- 49）

Sin pulsos
 脈がない、脈が止まって。 （Ⅱ- 10）

Sin qué ni para qué
 これという訳も目当てもなしに、別に大した理由もなしに。

（Ⅰ- 25, Ⅱ- 5）

Sin replicar más palabra
 それ以上何も言わずに。 （Ⅰ- 23）

Sin replicar palabra
 一言も口をはさまず。 （Ⅰ- 36）

Sin responder palabra
 一言も応じることなく。 （Ⅰ- 4, 30, 41, 44, Ⅱ- 21, 25, 55, 57, 59）

Sin tener en cuenta
 忘れて、気づかずに、かなぐり捨てて。 （Ⅰ- 36）

Sobre comida
 食後に、食後の、卓上の。(= de sobremesa) （Ⅰ- 32）

Sobre el cuerno de la luna
 月の上に、三日月の先端に、月にかかる。 （Ⅰ- ベリアニスのソネット）

Sobre eso, morena
えらいことになる、ただではすまない、ひと騒動もちあがる。
(Ⅰ- 26)

Sobremodo
過度に、異常に、非常に。(= sobremanera) (Ⅱ- 23)

Sopa de arroyo y tente bonete
石つぶてのような雨あられ。 (Ⅱ- 11)

Sosegad el pie y estaos quedito
足をわずらわせることなく、そこにじっとしていなさい。 (Ⅱ- 1)

Sosegar el pecho
気を静める、ほっとする、安堵する。 (Ⅰ- 30, 31)

Soy quito
私は解放された・免れた。 (Ⅰ- 35)

Su boca será la medida
お客様のお口・お好みしだい。 (Ⅱ- 50, 59)

Sudar el hopo
骨を折る、苦労する。(= sudar hasta el pelo; costar muchas fatigas)
(Ⅰ- 10)

Sudar los dientes
歯に汗をかく。 (Ⅱ- 26)

Suelta lengua
軽口をたたく、よけいなことをしゃべる。 (Ⅰ- 28)

Suplicar con lágrimas en los ojos
目に涙を浮かべて懇願する。 (Ⅰ- 序文)

Sus contentos
自分のしたいこと。 (Ⅰ- 33)

T

Tal podría correr el dado
    さいころの転がり方次第では。 (Ⅰ- 20)

Tan en seso
    とても生まじめに。 (Ⅰ- 50)

Tan luego
    さらに、おまけに。 (Ⅰ- 34)

Tan por los cabos
    とても極端に、甚だしく。(= tan extremadamente) (Ⅱ- 7)

Tan puesto
    夢中で。 (Ⅰ- 52)

Tan sin más ni más
    むざむざと。 (Ⅰ- 7)

Tanto cuanto
    ほんの少し、若干。(= algo) (Ⅰ- 15, 43, Ⅱ- 41)

Tanto más cuanto
    ゆえになおのこと。 (Ⅱ- 7)

Tanto monta
    どっちにしても同じである、どちらでもよい。 (Ⅰ- 45)

Tender la vista
    見渡す。 (Ⅱ- 17)

Tendido de largo a largo
    長々と横たわっている。 (Ⅱ- 23)

Tener a buena señal
    よい前触れ・兆しと見なす。 (Ⅰ- 20)

Tener a cargo
    配慮する、引き受ける、面倒をみる。 (Ⅰ- 46, Ⅱ- 63)

Tener a mano
　手元にある、手元に持ち合わせる。　　　　　　　　　　　　　（Ⅰ - 31）

Tener a raya
　抑える、抑制する。　　　　　　　　　　　　　（Ⅰ - 3, 8, Ⅱ - 3）

Tener barruntos
　のような気がする・見込みがある。　　　　　　　　　　　　（Ⅰ - 39）

Tener buena mano
　たいした腕前である、上手である、器用である。　　　　　　（Ⅱ - 60）

Tener cuenta
　心がける。　　　　　　　　　（Ⅱ - 1, 5, 29, 30, 31, 32, 33, 49, 73）

Tener el alma atravesada en la garganta
　魂が喉に引っかかっている。　　　　　　　　　　　　　　　（Ⅱ - 35）

Tener el alma en los dientes
　魂が歯と歯の間にある・歯のところにつっかえている。　　　（Ⅱ - 21）

Tener en poco
　すっかり忘れる、過小評価する。　　　　　　　　（Ⅰ - 28, 51, Ⅱ - 16）

Tener gran cuenta
　しっかり面倒をみる、せいぜいいたわる。　　　　　　　　　（Ⅰ - 52）

Tener güero el juicio
　頭がからっぽ。　　　　　　　　　　　　　　　　　　　　　（Ⅰ - 25）

Tener los ojos abiertos como liebre
　両目を兎のように見開く。　　　　　　　　　　　　　　　　（Ⅰ - 16）

Tener ojeriza
　恨みを抱く、反感を持つ。　　　　　　　　　　　　　　　　（Ⅰ - 7）

Tener ojo
　目をつける。　　　　　　　　　　　　　　　　　　　　　　（Ⅰ - 12）

Tener por cosa cierta y más que aberiguada
　確認済みの間違いない事実としてとる。　　　　　　　　　　（Ⅱ - 33）

Tener por sin duda
　～としか思われない、はっきり思う。　　　　　　　　　　　（Ⅱ - 72）

Tener puntas y collar
～めいたところがある、～気取りのところがある。(puntas y collar = ribetes; asomos; tener presunción) (Ⅰ-22)

Tener puntas y collares
～の片鱗がある、～の才がある。 (Ⅱ-67)

Tenerse por muerto
生きた心地がしない。 (Ⅰ-4)

Tener suspenso
さんざんじらす、じりじりさせる。 (Ⅰ-26, Ⅱ-2, 49, 62)

Tener una cosa en el pico de la lengua
舌の先まで出掛かっていることが一つある。 (Ⅰ-21, Ⅱ-14)

Tener un alma como un cántaro
水瓶のような魂である。(水のように澄んでいる) (Ⅱ-13)

Tengamos la fiesta en paz
(口論になりそうな時、間に割って入って) まあまあ折角の席なのだから。 (Ⅱ-9)

Tengo para mí
私の見るところ、私は～と思う、～と疑う。
(Ⅰ-12, 13, 17, 18, 22, 24, 37, 52, Ⅱ-3, 20, 25, 28, 34, 36, 48)

Tentar a Dios
神様を試す、神を恐れぬ振る舞いをする。 (Ⅰ-20, Ⅱ-17)

Tirar la barra
前途有望である、出世・成功が期待できる。(= ir lejos) (Ⅰ-33)

Tirios y Troyanos
テュロス人とトロヤ人。(犬猿の仲) (Ⅰ-26)

Tocar al arma
非常呼集らっぱを鳴らす。 (Ⅱ-1)

Tocar en el pelo de la ropa
服の端に触れる、(人) に触れる、危害を加える。 (Ⅰ-19)

Todas veces
  必ずしも〜でない。 (Ⅰ- 33)

Todo se sale allá
  つまるところ、同じこと。 (Ⅰ- 12)

Tomadas de orín
  錆びついた。 (Ⅰ- 1)

Tomar a cargo
  引き受ける。 (Ⅰ- 9, Ⅱ- 序文, 1, 52, 60)

Tomar barruntos
  漠然と感じる、予感がする、推測する。 (Ⅱ- 16)

Tomar de moho
  かびが生える。 (Ⅰ- 49)

Tomar el camino en las manos
  旅路につく、旅立つ、出発する。(= ponerse en camino) (Ⅰ- 31)

Tomar el pulso
  脈を取る、打診する。 (Ⅱ- 18, 20, 27, 36, 38, 45)

Tomar el tiento
  探る、調査する。(= sondear) (Ⅱ- 71)

Tomar en peso
  抱えあげる。 (Ⅱ- 69)

Tomar entre manos
  着手する、取り掛かる。 (Ⅱ- 44)

Tomar la mano
  割ってはいる、先手を打つ。 (Ⅰ- 30, 41)

Tomar la sangre
  血を止める、出血を抑える。 (Ⅰ- 34)

Tomar mal siniestro
  変な気を起こす、間違いを犯す。 (Ⅰ- 15)

Tomar primero la mano
  他人よりも先にする。(= adelantar al resto) (Ⅰ- 29, Ⅱ- 27)

Tortas y pan pintado
パイと菓子パン。(たやすく何の造作もないこと、ほんの序の口)

(Ⅰ - 17, Ⅱ - 2, 17, 63, 68)

Traer colgado el alma
心をささげる、心を奪われる。 (Ⅰ - 46)

Traer el ojo alerta
しっかり目を開ける、警戒する、用心深く見張る。 (Ⅱ - 49)

Traer entre los ojos
目の前に迫っている。 (Ⅱ - 4, 16)

Traer entre manos
着手する、取り掛かる。 (Ⅱ - 18, 24, 25)

Traer la mano por el cerro
褒めそやす、お世辞を言う。 (Ⅱ - 35)

Traer por los cabellos
こじつける、取ってつける。 (Ⅰ - 24, Ⅱ - 43, 67)

Traerse bien
身なりが良い、態度が良い。 (Ⅰ - 33)

Tras cada cantillo
ちょくちょく、ちょいちょい。 (Ⅰ - 30)

Trasquilar a cruces
虎刈りにする。 (Ⅱ - 32)

Tratar a cuerpo de rey
王侯貴族をもてなす。 (Ⅱ - 22)

Tratar amores
恋をする。 (Ⅰ - 34)

U

Una buena pieza
しばらくの間。 （Ⅰ - 4, 7, 13, 16, 20, 29）

Una cara como una bendición
神の祝福を受けたような顔。 （Ⅰ - 12）

Una gran pieza
長い間。 （Ⅰ - 35）

Una higa
軽蔑、嘲笑、もの笑い。 （Ⅱ - 31）

Una mano de coces
思いっきり足蹴にすること。 （Ⅰ - 1）

Una por una
しかしともかく、実際に、いったん。（= efectivamente; de una vez）

（Ⅰ - 25, 30, Ⅱ - 9, 27, 63, 65, 70）

Un ciego lo verá
盲人にでも見える・分かる話。 （Ⅱ - 43）

Un negro de uña
爪のあか。 （Ⅰ - 20, Ⅱ - 43）

Un no sé qué
なんとなく不安、一抹の気がかり。

（Ⅰ - 24, 28, 31, 50, Ⅱ - 8, 24, 25, 32）

Un tiro de piedra
投げた石（の距離）。 （Ⅰ - 23）

V

Valer un ojo de la cara
　目が飛び出るほど高価である。　　　　　　　　　　　　　（Ⅱ - 21）

Valer un pan por ciento
　1個のパンが100にも値する。　　　　　　　　　　　　（Ⅱ - 34, 71）

Venga lo que viniere
　何が来るにしても、それはともかくとして。　　　　　　（Ⅱ - 10, 49）

Venir a cuento
　適切である、タイムリーである、関係がある。

（Ⅰ - 25, Ⅱ - 17, 33, 40, 47, 70, 73）

Venir a la lengua
　思い出す。　　　　　　　　　　　　　　　　　　　　　　（Ⅰ - 30）

Venir a las manos
　入手する、届く、殴り合いになる。　　　　　　　　　（Ⅰ - 30, Ⅱ - 17）

Venir a mano
　順調に運ぶ。　　　　　　　　　　　　　　　　　　　　（Ⅱ - 26）

Venir a pelo
　好都合である、おあつらえ向きである。　（Ⅰ - 序文, Ⅱ - 12, 31, 43, 70）

Venir a tierra
　倒れる、崩れる、駄目になる。　　　　　　　　　　　　　（Ⅱ - 34）

Venir a ver a la mira y a la maravilla
　わざわざ見にきてびっくりする。　　　　　　　　　　　　（Ⅱ - 50）

Venir con parto derecho
　期待通りになる。　　　　　　　　　　　　　　　　　　　（Ⅱ - 33）

Venir de molde
　ぴったりである。　　　　　　　　　　　　　（Ⅰ - 5, 7, 31, Ⅱ - 5, 27）

Venir en ello
　承知する。　　　　　　　　　　　　　　　　　　　　　　（Ⅰ - 24）

Venir pintiparado o como pera en tabaque
　果物籠に梨といった具合にぴったり。　　　　　　　　　（Ⅱ - 43）

Ver a ojos vistas
　明らかに、目立って。　　　　　　　　　　　　　　　　　（Ⅱ - 22）

Ver las estrellas
　（激痛で）目から火が出る。　　　　　　　　　　　　　　（Ⅱ - 19）

Ver por vista de ojos
　自分の目で見届ける。　　　　　　　　　　（Ⅰ - 18, Ⅱ - 36, 58）

Ver sin peligro los toros
　高みの見物をする。　　　　　　　　　　　　　　　　　　（Ⅱ - 14）

Vestido en pompa
　お決まりの格好で。　　　　　　　　　　　　　　　　　　（Ⅰ - 22）

Volar la ribera
　冒険を求めてほっつき歩く。　　　　　　　　　　　　　　（Ⅱ - 2）

Volver el juicio
　頭がおかしくなる。　　　　　　　　　　（Ⅰ - 5, 32, 35, 49, Ⅱ - 19）

Volver el recambio
　お返しをする。　　　　　　　　　　　　　　　　　　　　（Ⅰ - 27）

Volver en sí
　意識を取り戻す、正気に返る。（Ⅱ - 20, 21, 22, 27, 41, 46, 53, 69, 73, 74）

Volver en su acuerdo
　我に返る、正気に戻る。　　　　　　　　　　　　　（Ⅱ - 12, 34）

Volver las espaldas
　背を向ける、洟もひっかけない、尻尾をまいて・こそこそ・逃げる。　　　　　　　　　　　　　　　　　（Ⅰ - 14, Ⅱ - 26, 34, 49, 58）

Volver las gracias
　恩に報いる。　　　　　　　　　　　　　　　　　　　　　（Ⅰ - 29）

Volver las saludes
   挨拶を返す。 (Ⅰ- 23)

Volver por sí mismo
   自分自身を守る。 (Ⅰ- 14)

Volver por su honra
   名誉・面目・対面を守る。 (Ⅱ- 23)

Vomitar las asaduras
   はらわたを吐き出す。 (Ⅰ- 21)

Vomitar las entrañas
   はらわたを吐き出す。 (Ⅰ- 17)

Vomitar las tripas
   腹の中のものを吐き出す。 (Ⅰ- 18)

Y

Y ándese la paz en el corro
   人の輪に平安・平和あれ。 (Ⅱ- 47)

Y aun Dios, y ayuda
   それも神さまのお力添えがあってのこと。 (Ⅰ- 7)

Y barras derechas
   まやかしやごまかしは無し！ (Ⅱ- 51)

Y cada uno mire por el virote
   人それぞれ自分の腹の虫を静まらせておく。 (Ⅱ- 14)

Yendo días y viniendo días
   時が流れ。(= andando el tiempo) (Ⅰ- 20, Ⅱ- 38, 48)

Yendo y viniendo
   とつおいつ。 (Ⅱ- 65, 71)

あとがき

　スペイン芸術文化の冠たる「黄金時代」は、その頂点を極めた『ドン・キホーテ』にちなんで「ドン・キホーテの世紀」(1580-1680) とも称される。そこに登場することわざに関してのみであるが、筆者が牛島信明訳『新訳ドン・キホーテ』(岩波書店、1999) に少なからず貢献できたことに気をよくしたのは早や10数年も前のこと。〈光陰矢の如し〉と感心ばかりもしておれない。この作品によって文学史上に「小説」という分野を確固たるものとして築いたセルバンテス (1547-1616) の没年齢と同じ、古希に達したことにあやかりしたためた本書である。折から今年は、『ドン・キホーテ』誕生から間もない江戸時代初期に始まった日西交流400年を記念する「スペイン年」にも当たる。仙台藩伊達氏の家臣、支倉常長 (六右衛門長経) が慶長遣欧使節団を率いて渡航したのは1613年であった。

　前回対象とした204例のことわざとそれを使った登場人物30名の内訳をみると、サンチョ・パンサがその62％、ドン・キホーテが約15％、残り23％をその他28名が口にしており、今回の本書第Ⅰ章の約370例を47名での場合は、サンチョが55％、キホーテが23％、その他45名がおよそ22％となった。前回の分析では主従二人で全体の77％、今回のそれでは78％を占めている。いずれにしても「ことわざの宝庫」として作品を見る限り、主役は紛れもなく従者サンチョ・パンサであり、主人ドン・キホーテはそのサポート役と言えよう。また後編においては前編の3倍近い頻度でことわざが飛び交っている。その理由の一つとして考えられるのは、前編にはよく知られる風車との驚くべき戦いや旅籠での騒動、その他、いわゆる「ドン・キホーテ式」な猪突猛進型冒険譚が顕著であるのに対し、サンチョが島の領主として赴任する話もある後編に

は、より精神的な葛藤や談義が多く展開される物語の構成である。冒険譚の数々は作品の戯画化に欠かせないスパイス的エピソードであるが、作者セルバンテスの主張はむしろ、主従キホーテとサンチョが交わす変哲もない対話の中に隠されている。それにしても、前編序文のあとの「ドン・キホーテ・デ・ラ・マンチャの書に寄せる詩句」の一つとして、先の『セレスティーナ』（1499、フェルナンド・デ・ローハス作）、バビエカ（英雄シッド・カンペアドールの愛馬）、ラサリーリョ（ピカレスク小説の原型となった『ラサリーリョ・デ・トルメスの生涯』1554、作者不詳、の主人公）に触れるあたりは、セルバンテスの面目躍如といったところでもあろうか。

　作品中に出ることわざのうち20数パーセントに押韻が見られるが、同音韻が類音韻に比して2倍を数えた。そして身近な動物や魚、鳥、虫など、20種のさまざまな生き物が擬人化されて顔を出すあたりも、ことわざなるもの古今東西変わりはないようである。徒食の豚には何れその付けが回り、働き者のロバは辛抱強い。また気取り屋の犬が老犬ともなれば物知りで、そうたやすくは騙されない。等々、生き物に与えられた役割にはとても興味深い先達の洞察力が伺われる。

　なお、p.26のCriar la sierpe en el seno（懐中に蛇を育てる）と、p.85のNo es bien criar sierpes en el seno（懐中に蛇を育てるのはまずい）の出典については、前者は参考文献P. Vidal著にII-58とあり、後者は参考文献E. O. CanaldaにII-14とあるが、いずれも、長年にわたる探索にもかかわらず確認できなかった。読者諸賢のご教示をいただければまことに幸いである。また巻末の索引では、読者の検索に資すべく、よく知られる慣用句、長めの故事などは「スペイン語のことわざ索引」に含めた。

　本書を結ぶにあたり、筆者が「頸椎症性脊髄神経根症」で突然左腕の自由を失った数年前、レパントの海戦（1571）で負傷したセルバンテスに "El manco"（片腕の男）のニックネームがあったことを持ち出しては、本書の企画を促してくれた京都セルバンテス懇話会

(代表・坂東省次京都外国語大学教授)同僚諸兄、および滞りがちな筆者の執筆を鼓舞し惜しまぬ助言と編集の労を頂いた論創社の松永裕衣子氏、粋な組版を工夫して下さったアテネ書房新社・山縣浩己氏に厚く謝意を表したい。

　2013年1月

著　者

参考文献

Américo Castro : "Prólogo y esquema biográfico del Quijote" Editorial Porrua S.A., 1985, México
Andrés Amorós : "Índice de refranes del Quijote" Ediciones SM., 1999, Madrid
César Vidal: "Los refranes del Quijote" Editorial Planeta, 1999, Barcelona
Elías Olmo Canalda : "Los refranes del Quijote" CIE Inversiones Editoriales Dossat 2000 S.L., 1998, Madrid
Juan B. Bergua : "Refranero Español" Clasicos Bergua, 1977, Madrid
J. Serra Masana : "Sancho Panza"(Compendio de refranes y fábulas), I. G. Seix & Barral Herms. S. A. Editores, 1928, Barcelona
Louis Combet : "Vocabulario de refranes y frases proverbiales" Editorial Castalla, 2000, Madrid
Manuel Lacarta : "Diccionario del Quijote" Alderabán Ediciones S.L, 1994, Madrid
Miguel de Cervantes Saavedra : "Don Quijote de la Mancha" Alba Libros,S.L.,1996, Madrid
会田 由訳『セルバンテス』Ⅰ・Ⅱ、筑摩書房、1965
岩根 圀和訳『新訳ドン・キホーテ』前編・後編、彩流社、2012
牛島 信明訳『新訳ドン・キホーテ』前篇・後篇、岩波書店、1999
荻内 勝之訳『ドン・キホーテ』全4巻、新潮社、2005
田島 諸介『ことわざ辞典』第2版、梧桐書院、1979
寺﨑英樹・山崎信三・近藤豊編『スペイン語の世界』世界思想社、1999
延原 政行『ことわざ事典』第11版、金園社、1979
樋口 正義・本田 誠二・坂東 省次・山崎 信三・片倉 充造 編『「ドン・キホーテ」事典』行路社、2005
水谷 清『スペインのことわざ』第5版、大学書林、1978
山崎 信三・F. カルバホ『スペイン語ことわざ用法辞典』大学書林、1990
山崎 信三「『ドン・キホーテ』ことわざ考」(『REHK』第5号)、京都イスパニア学研究会、1997

スペイン語のことわざ索引

A

A buen hambre no hay pan duro　66
A buen salvo está el que repica　2, 53
A buen servicio, mal galardón　2
A cada puerco le llega（または viene）su San Martín　2, 111
A campo abierto y al cielo claro　123
A dineros pagados, brazos quebrados　3
A Dios rogando y con el mazo dando　3
A Dios, y veámonos, como dijo un ciego a otro　123
Adonde se piensa que hay tocinos no hay estacas　4, 39, 40, 81, 92
¡Ahora lo veredes, dijo Agraje!　124
A idos de mi casa y qué queréis con mi mujer, no hay responder　4
Al buen callar llaman Sancho　5
Al buen entendedor, pocas palabras　5
Al buen pagador no le duelen prendas　6
Al burro muerto, la cebada al robo　103
Al enemigo que huye, hacerle la puente de plata　6
Al estricote, aquí y allí barriendo las calles　6
Al freír de los huevos lo verá　7
Algo va de Pedro a Pedro　7
Al hijo de tu vecino, límpiale las narices y métele en tu casa　7, 21
Aliquando bonus dormitad Homerus　8
Allá se las hayan　8, 25

Allá van leyes do quieren reyes　8
Allá van reyes do quieren leyes　9
A los idos y muertos, pocos amigos　94
Amigo Platón, pero más amiga la verdad　10
Andar buscando pan de trastrigo　129
Andar buscando tres pies al gato　10, 20
Andar coche acá cinchado　10
Andar de ceca en meca y de zoca en colodra　10
Ándome yo caliente y ríanse la gente　11
Antes os la dará roma que aguileña　130
Antes se ha de perder por carta de más que de menos　130
Antes se toma el pulso al haber que al saber　11
A otro perro con ese hueso　11
A pecado nuevo, penitencia nueva　11
A perros viejos no hay tus, tus　12
Aquel que dice injurias, cerca está de perdonar　12
A quien cuece y amasa, no le huertes hogaza　12
A quien Dios quiere bien la casa le sabe　13
A quien Dios se la dé, San Pedro se la bendiga　13, 100
A quien madruga y vela, todo se revela　78
A quien se humilla, Dios le ensalza　13
Aquí fue Troya　13
Aquí morirá Sansón y cuántos con él son　14

A Rey ni a Roque ni a hombre torrenal 132

Arrojar la soga tras el caldero 14, 84

Así mata la alegría súbita como el dolor grande 14

Así se me vuelvan las pulgas de la cama 14

Asno eres y asno has de ser y en asno has de parar 15

Atravesarse un nudo en la garganta 134

Aun ahí sería el diablo 15

Aún hay sol en las bardas 15

Aún la cola falta por desollar 16

Aunque la mona se vista de seda, mona se queda 46

Aunque las calzo, no las ensucio 16, 24

Aunque la traición aplace, el traidor se aborrece 16

Aventurarlo todo a la de un golpe solo 17

A vuelta de cabeza y a cada traspuesta 135

B

Bailar el agua delante 18

Bien predica quien bien vive 18

Bien se está San Pedro en Roma 18

Bien vengas mal si vienes solo 18, 118

Blanco como el campo de la nieve 135

Buenas son mangas después de Pascua 19

Buen corazón quebranta mala ventura 19

Buscar a Marica por Rávena 19, 20

Buscar al Bachiller en Salamanca 9, 20

Buscar tres pies al gato 10, 20

C

Cada cosa engendra a su semejante 21, 118

Cada oveja con su pareja 8, 21

Cada puta hile, y comamos 21

Cada uno es artífice de su ventura 22

Cada uno es como Dios le hizo y aun peor muchas veces 22

Cada uno es hijo de sus obras 22

Cada uno meta la mano en su pecho 22

Cada uno se dé una vuelta a la redonda 23

Castígame mi madre, y yo trompójelas 23

Ciego es el que no ve por tela de cedazo 23

Ciertos son los toros 23

Coger las de Villadiego 24

Come poco y cena más poco que la salud de todo el cuerpo se cuece en la oficina del estómago 16, 24

Como a cada hijo de vecino 24

Como anillo al dedo 24, 119

Como si yo no supiese cuantos son cinco 139

Con la iglesia hemos dado, Sancho 25

Consejos vendo, para mí no tengo 37

Con su pan se lo coman 8, 25

Cosa pasada es cosa juzgada 25

Cría cuervos y te sacarán los ojos 26, 85

Criar la sierpe en el seno 26, 85

Cual el tiempo, tal el tiento 26, 112

Cuando a Roma fueres, haz como vieres 26

Cuando Dios amanece, para todos amanece 27

Cuando la cabeza duele, todos los miembros duelen 27

Cuando la cólera sale de madre, no tiene la lengua padre 27

Cuando te dieren la vaquilla, corre con la soguilla 27, 28

Cuando viene el bien, métalo en tu casa 28

Cuidados ajenos matan al asno   28
Cura más que el bálsamo de Fierabrás   28

D

Dádivas quebrantan peñas   29
Dar al diablo el hato y garabato   29
Dar al través con todo su esfuerzo   143
Dar coces contra el aguijón   29
Dar el ánimo a quien quisiere llevarla   30
Dar en Peralvillo   30
Dar la respuesta en las costillas   145
Dar saltos en corazón y barruntos   146
Dar tiempo al tiempo   30
Dar un puño en el cielo   30
Debajo de mala capa suele haber un buen bebedor   31
Debajo de mi manto, al Rey mato   31
Decir y hacer son dos cosas distintas   32
De hoz y coz   31
De la abundancia del corazón habla la lengua   32
De la panza sale danza   116
Del dicho al hecho hay gran trecho   32
Del hombre arraigado, no te verás vengado   33
De los desgraciados está lleno el infierno   33
De los enemigos, los menos   33
De los hombres se hacen los obispos   33
Del pie que cojea   34, 106
De menos me hizo Dios   34
De mis viñas vengo; no sé nada   34
De noche todos los gatos son pardos   34
De paja y heno, el vientre lleno   35
De poco peso y menos tomo   35
De sabios es guardarse hoy para mañana y no aventurarlo todo en un día   35
Desnudo nací, desnudo me hallo; ni pierdo ni gano   36
Detrás de la cruz está el diablo   36, 116
De vovis vovis   36
Dijo el asno al muro : anda para allá, orejudo   37
Dijo la sartén a la caldera : quítate allá ojinegra   36
Dime con quién andas, decirte he quién eres   37
Dios ayuda al que se ayuda   4
Dios está en el cielo que juzga los corazones   37
Dios lo oiga y el pecado sea sordo   37
Dios que da la llaga, da la medicina   38
Dios sabe lo mejor y lo que está bien a cada uno   38
Dios sufre a los malos pero no para siempre   38
Donde hay estacas no hay tocinos   4, 38, 40, 81, 92
Donde intervienen dueñas, no pueden suceder cosas buenas   39
Donde las dan las toman   39
Donde menos se piensa salta la liebre   39
Donde no hay tocinos no hay estacas   4, 39, 40, 81, 92
Donde reina la envidia, no puede vivir la virtud   40
Donde una puerta se cierra otra se abre   40

E

Echar azar en lugar de encuentro   41
Échalo todo a doce   41
Echarlo todo a trece, aunque no se venda

Echarlo todo por la borda 29
Echar pelillos a la mar 41
El abad, de lo que canta yanta 42
El amor mira con unos anteojos que hacen parecer oro al cobro, a la pobre riqueza, a las legañas, perlas 42
El asno cargado de oro sube ligero por la montaña 42
El asno sufre la carga, mas no la sobrecarga 43
El buen gobernador, la pierna quebrada y en casa 43
El buen Homero se distrae alguna vez 8
El buey suelto bien se lame 43
El consejo de la mujer es poco, el que no lo toma es loco 44
El dar y el tener, seso ha menester 44, 95
El Diablo está en Cantillana 44
El gato al rato, el rato a la cuerda, la cuerda al palo 44
El gobernador codicioso hace la justicia desgobernada 45
El gozo le reventaba por las cinchas de caballo 155
El hombre pone y Dios dispone 45
El hombre se mueve y Dios le dirige 45
El hombre sin honra peor es que un muerto 45
El mal ajeno de pelo cuelga 45
El mal para quien lo fuere buscar 46
El mayor vencimiento es vencerse a sí mismo 46
El palo compuesto no parece palo 46, 50
El pan comido y la compañía deshecha 46, 57
El peor suceso es la muerte, y como ésta sea buena, el mejor de todos es morir 47
El poeta hace y no se hace 47
El que a buen árbol se arrima, buena sombra le cobija 47, 101
El que compra y miente en su bolsa lo siente 48
El que fuera de su aldea se va a casar, va a que lo engañen o a engañar 8
El que larga vida vive, mucho mal ha de pasar 48
El que luego da, da dos veces 48
El que no puede ser agraviado no puede agraviar a nadie 48
El que no sabe gozar de la ventura cuando le viene, no se debe quejar si se le pasa 49
El que tiene el padre alcalde seguro que va al juicio 49
El que ve la mota en el ojo ajeno, vea la viga en el suyo 49
El rey es mi gallo 50
El sueño es alivio de las miserias de los que las tienen despiertas 50
El vestido descompuesto da indicios de ánimo desmazalado 46, 50
El vino demasiado ni guarda secreto ni cumple palabra 50
En casa llena pronto se guisa la cena 51
En la tardanza va el peligro 51
En los nidos de antaño no hay pájaros hogaño 51, 87
En los principios amorosos, los desengaños prestos suelen ser eficaces 52
En manos está el pandero, que le sabrá bien tañer 52
En mucho más se ha de estimar un diente

que un diamante   52
En otras casas cuecen habas y en la mía a calderadas   52
En priesa me ves y doncellez me demandas   53
En salvo está el que repica   2, 53
En temer a Dios está la sabiduría   53
Entre dos muelas cordales nunca pongas tus pulgares   54
Erisarse los cabellos de puro espanto   159
Es añejo ser rico a ser honrado   54
Ése que te quiere bien, que te hace llorar   54
Espantóse la Muerte de la degollada   54
Estarse como la madre que la parió   161

G

Guardarme con todos mis cinco sentidos   163

H

Hablar de oposición y a lo cortesano   164
Hablen cartas y callen barbas   56, 102
Haceos miel, y comeros han moscas   56
Haceos miel, y paparos han moscas   56
Hacer bien a villanos es echar agua en la mar   47, 56
Hacer lo que otro no pudiera hacer por él   165
Haciéndose más cruces, que si llevaran el diablo a las espaldas   167
Harbar, harbar, como sastre en víspera de pascuas   167
Hasta la muerte todo es vida   57, 96, 115
Hasta ventura tiene un delincuente, que está en su lengua su vida o su muerte   57
Hay más mal en la aldegüela que se suena   57
Haz lo que tu amo mande y siéntate con él a la mesa   58
Hombre apercibido medio combatido   58
Hombre de bien y de muy buenas entrañas   168
Hombre prevenido vale por dos   58
Hoy por ti y mañana por mí   58

I

Iglesia o mar o casa real   59
Ir con pie de plomo   170
Ir el muerto a la sepultura y el vivo a la hogaza   59
Ir por lana y volver trasquilado   59

J

Jayanes hay en la danza   61
Jo, que te entrego, burra de mi suegro   61
Júntate a los buenos y serás uno de ellos   61
Juzgar lo blanco por negro y lo negro por blanco   171

L

La alabanza propia envilece   62
La buena mujer no alcanza buena fama sólo con ser buena, sino con parecerlo   62
La caridad bien entendido empieza por uno mismo   28
La codicia rompe el saco   62
La culpa del asno no se ha de echar a la albarda   63
La diligencia es madre de la buena ventura   63

La doncella honesta, el hacer algo es su fiesta   63, 66

La doncella honrada, la piena quebrada y en casa   63

La envidia no trae sino disgustos, rencores y rabias   64

La fuerza es vencida del arte   64

La honra puédela tener el pobre, pero no el vicioso   64

La ingratitud es hija de la soberbia   64

La lengua queda y los ojos listos   65

La letra con sangre entra   65

La mejor salsa es el hambre   66

La mujer y gallina, por andar se pierden aína   63, 66

La música compone los ánimos descompuestos   67

La ocasión la pintan calva   49, 67

La palabra es plata; el silencio es oro   5

La pluma es la lengua del alma   67

La sangre se hereda y la virtud se adquiere   67, 70

Las gracias y los donaires no asientan cobre ingenios torpes   68, 90

Las lágrimas de una afligida hermosa, vuelven en algodón los riscos, y los tigres en ovejas   68

Las necesidades del rico por sentencias pasan   68

Las paredes tienen oídos   69

Las tierras estériles y secas, estercolándolas y cultivándolas dan buenos frutos   69

La verdadera nobleza consiste en la virtud   69

La virtud enfada, y la valentía enoja   69

La virtud más es perseguida de los malos que amada de los buenos   70

La virtud vale por sí sola lo que la sangre no vale   67, 70

Le estaba esperando como el agua de mayo   70

Llegaos, que me mamo el dedo   70, 99

Llegar con las manos limpias   172

Llorar lágrimas de sangre del corazón   173

Lo bien ganado se pierde, y lo malo, ello y su dueño   71

Lo de hasta aquí son tortas y pan pintado   71

Lo que cuesta poco, se estima en menos   71, 85

Lo que has de dar al mur, dalo al gato, y sacarte ha de cuidado   72

Los daños que nacen de los bien colocados pensamientos, antes se deben tener por gracias que por desdichas   72

Los duelos con pan son menos   72

Los oficios mudan las costumbres   72

M

Majar en hierro frío   74, 100

Más bien parece el soldado muerto en la batalla que vivo y salvo en la huida   74

Más derecho que un huso de Guadarrama   74

Más dura que un diamante   75

Más duro que un alcornoque   75

Más ladrón que Caco y más fullero que Andradilla   75

Más ligero que el viento   75

Más ligero que un gamo   76

Más limpio que un armiño   76

Más sabe el necio en su casa que el cuerdo

en la ajena   76
Más sano que una manzana   76
Más seco que un resparto   77
Más vale algo que nada   77
Más vale al que Dios ayuda que al que mucho madruga   77
Más vale buena esperanza que ruin posesión   78
Más vale buena queja que mala paga   78
Más vale migaja de Rey que merced de señor   78
Más vale pájaro en mano que buitre volando   78, 79
Más vale salto de mata que ruego de hombres buenos   79
Más vale un toma que dos te daré   79
Más vale vergüenza en cara que mancilla en corazón   79
Mejorado en tercio y quinto   80
Mejor parece la hija mal casada que bien abarraganada   80
Menos mal hace el hipócrita que se finge bueno que el público pecador   80
Me pondrá en la espina de Santa Lucía   175
Metafísico estáis. Es que no como.   80
Mezclar berzas con capachos   81
Mientras se gana algo no se pierde nada   81
Muchos piensan que hay tocinos y no hay estacas   4, 39, 40, 81, 92
Muchos pocos hacen un mucho   82
Muera Marta y muera harta   82

N

Nadie diga de esta agua no beberé   83
Nadie tienda más la pierna de cuanto fuera larga la sábana   83
Ni quito ni pongo rey   84
No acordarse más que de las nubes de antaño   178
No arrojemos la soga tras el caldero   14, 84
No basta que la mujer de César sea honrada, sino que lo parezca   62
No comeré bocado que bien me sepa   178
No con quién naces, sino con quién paces   84
No dice más la lengua que lo que siente el corazón   32
No es bien criar sierpes en el seno   26, 85
No es de estima lo que poco cuesta   71, 85
No es la miel para la boca del asno   85
No es mejor la fama del juez rigroso que la del compasivo   85
No es oro todo lo que reluce   86, 87
No es posible que esté continuo el arco armado   86
No es todo oro lo que reluce   86
No estoy para dar migas a un gato   180
No es un hombre más que otro si no hace más que otro   87
No hace más caso que a las nubes de antaño   180
No hallar nidos donde se piensa hallar pájaros   52, 87
No hay candados, guardas ni cerraduras que mejor guarden a una doncella que las del recato propio   87
No hay cosa donde no pique y deje de meter su cucharada   88
No hay cosa que más fatigue el corazón de los pobres que el hambre y la carestía   88

No hay estómago que sea un palmo mayor que otro 88
No hay plazo que no se cumpla ni deuda que no se pague 3
No hay regla sin excepción 88
No hay villano que guarde palabra que diere si no le conviene 89
No le conociera la madre que lo parió 181
No le harán creer otra cosa frailes descalzos 89
No me llamaría y como me llamo 181
No ocupa más palmos de tierra el cuerpo del Papa que el del sacristán 89
No ofende el que quiere 49
No pidas de grado lo que puedas tomar por fuerza 89
No puede haber gracia donde no hay discreción 68, 90
No quiero estar a mercedes que lleguen tarde, mal o nunca 90
No quiero perro con cencerro 90
No saber cuál es su mano derecha 90
No saber de la misa la media 91
No se dijo ni a tonta ni a sorda 91
No se ganó Zamora en una hora 91
No se ha de mentar la soga en casa del ahorcado 92
No sepamos cuál es nuestro pie derecho 182
No se toman truchas a bragas enjutas 92
No siempre hay tocinos donde hay estacas 4, 39, 40, 82, 92
No tener valor para matar una pulga 183
Nunca la lanza embotó la pluma, ni la pluma a la lanza 93
Nunca lo bueno fue mucho 93
Nunca nos arrepentimos de lo que no decimos 5
Nunca segundas partes fueron buenas 93

O

Ojos que no ven, corazón que no quiebra 94
O somos o no somos 94

P

Paciencia y barajar 95
Pagar justos por pecadores 95
Pagar un real sobre otro y aun sahumados 184
Pájaro madrugador coge más gusanos 78
Para dar y tener, seso es menester 44, 95
Para remediar desdichas del cielo, poco suelen valer los bienes de fortuna 96
Para todo hay remedio, si no es para la muerte 57, 96, 115
Pasar de la raya y llegar a lo vedado 186
Pasar por sirtes y por Scilas y Caribdis 96
Pedir cotufas en el golfo 96, 97
Pedir peras al olmo 97
Peor es menearlo 97
Podría ser que salieran algún día en la colada las manchas que se hicieron en la venta 97
Poner la mano en la horcajadura 189
Poner puertas al campo 87, 97
Poner sobre el cuerno de la luna 98
Poner una venda en los ojos 98
Pon lo tuyo en consejo y unos dirán que es blanco y otros que es negro 98
Ponme el dedo en la boca y verás si aprieto o no 71, 98

Por el hilo se saca el ovillo   99
Por los cerros de Úbeda   99
Por su mal le nacieron als a la hormiga   99
Predicar en desierto y majar en hierro frío   74, 100
Pues Dios se la da, San Pedro se la bendiga   13, 100

Q

Queda el robo por desollar   16
Quejarse en voz y en grito a Dios y al Rey   192
Quien a buen árbol se arrima, buena sombra le cobija   47, 101
Quien bien tiene y mal escoge, por bien que se enoja no se venga   101
Quien busca el peligro perece en él   101
Quien canta, sus males espanta   102
Quien destaja no baraja   56, 102
Quien está ausente, todos los males tiene y teme   102
Quien ha infierno, nula es retencio   103
Quien las sabe, las tañe   103
Quien te cubre te descubre   103
Quien te da el hueso, no te querrá ver muerto   103
Quien tenga hogazas, no busque tortas   104
Quien yerra y se enmienda, a Dios se encomienda   104
Quitada la causa se quita el pecado   104

R

Regostóse la vieja a los bledos, no dejó verdes ni secos   105
Retirarse con gentil compás de pies   193

Ruin sea quien por ruin se tiene   105

S

Saber con cuántas entra la romana   106
Saber dónde aprieta el zapato   34, 106
Saber un punto más que el diablo   106
Se cogen más moscas con miel que con hiel   29
Se despidió a la francesa   24
Según siente Celesti- Libro en mi opinión divi- Si encubriera más lo huma-   107
Se les hielen las migas entre la boca y la mano   107
Se me han podrido más de cuatro cosas en el estómago   107
Señalar con piedra blanca   107
Señor de su casa, como el Rey de sus alcabalas   108
Ser el sastre del cantillo   108
Ser la vaca de la boda   108
Ser mejor no menear el arroz, aunque se pegue   108
Si al ciego guía otro ciego, ambos van a peligro de caer en el hoyo   109
Si al palomar no le falta cebo, no le faltarán palomas   109
Si bien canta el abad, no le va en zaga el monacillo   109
Si da el cántaro en la piedra, o la piedra en el cántaro, mal para el cántaro   109
Siempre las desdichas persiguen al buen ingenio   110
Si en seco hago esto, ¿qué hiciera en mojado?   110
Si os duele la cabeza, untaos las rodillas   110

Sobre un huevo pone la gallina   111
Sólo se vence a la pasión amorosa con huirla   111
Soltar al lobo entre las ovejas, a la raposa entre las gallinas y a la mosca entre la miel   111
Su San Martín le llegará, como a cada puerco   3, 111

T

Tal el tiempo, tal el tiento   26, 112
Tan buen pan hacen aquí como en Francia   112
Tan presto se va el cordero como el carnero   112
Tantas veces va el cantarillo a la fuente, al fin se rompe   112
Tanto se pierde por carta de más como por carta de menos   113
Tanto tienes, tanto vales   11
Tanto vales cuanto tienes, y tanto tienes cuanto vales   113
Tener dineros en mitad del golfo   113
Tener el alma atravesada en la garganta   202
Tener la mira sobre el hito   113
Tener más cuartos que un real   114
Tener más tachas que el caballo de Gonela   114
Tener por cosa cierta y más que aberiguada   202
Tener una cosa en el pico de la lengua   203
Tener unas sombras y lejos de cristiana   114
Ténganos el pie al herrar, y verá del que cosqueamos   114
Tirar piedras al tejado del vecino, teniendo el suyo de vidrio   115
Todas las cosas tienen remedio, si no es la muerte   57, 96, 115
Todo saldrá en la colada   115
Tomar la ocasión por la melena   115
Tras la cruz está el diablo   36, 116
Tripas llevan corazón, que no corazón tripas   116
Tripas llevan pies, que no pies tripas   116

U

Una golondrina sola no hace verano   117
Un asno cargado de oro, sube ligero por una montaña   117
Un buen corazón quebranta mala ventura   117
Un diablo parece a otro   21, 117
Un mal llama a otro   19, 118

V

Vale más maña que fuerza   64
Veis la paja en el ojo ajeno y no veis la viga en el vuestro   37
Venir a ver a la mira y a la maravilla   207
Venir como anillo al dedo   25, 119
Venir pintiparado o como pera en tabaque   208
Vete con los buenos, y te harás uno de ellos   37
Viose el perro en bragas de cerro   119
Viva la gallina, aunque sea con su pepita   119

Y

Ya está duro el alcacel para zampoñas   120

スペイン語の慣用句索引

A

A brazo partido 122
Abrid el ojo 122
Abrirse las carnes 122
A buenas noches 122
A buen seguro 122
A bulto 122
Acabar en un punto 122
A cabo de poca pieza 122
A cabo de rato 122
A cada paso 122
A cada triquete 122
A campana herida 123
A campana tañida 123
A carga cerrada 123
A coche acá, cinchado 123
A cuestas 123
Aderézame esas medias 123
A deshora(s) 123
A dicha 123
Adiós, que me mudo 123
A Dios, y veámonos, como dijo un ciego a otro 123
Adóbame esos candiles 124
¿Adóde bueno? 124
A dos manos 124
A duras penas 124
A esta sazón 124
A este punto 124
Afirmar el pie llano 124

A furto 124
Aguar el contento 124
Aguas mayores o menores 124
Ahí está el toque 124
A hora y tiempo 124
A humo de pajas 124
A hurtas cordel 125
A hurto 125
A la buena ventura 125
A la clara 125
A la hora de ahora 125
A la jineta 125
A la llana 125
A la llana y sin rodeos 125
A la mano de Dios 125
A la paz de Dios 125
A la redonda 125
A las derechas 125
A las diez o a las veinte 125
A las mil lindezas 125
A las primeras 125
A la ventura 126
Al cabo al cabo 126
Al cabo del mundo 126
Al cabo de un buen espacio 126
Al cielo abierto 126
Al cielo raso 126
Alegrársele los espíritus 126
Al estricote 126
Algún quienquiera 126
Al improviso 126

Allí me las den todas 126
Alma de cántaro 126
Al más pintado 126
A lo brutesco 126
A lo más largo 127
A lo menos 127
Al par 127
Al pie de la letra 127
Al pie de seis meses 127
Al punto 127
Al redropelo 127
Al vivo 127
Alzar el entredicho 127
Alzar las mesas 127
Alzar los manteles 127
Alzarse con la ganancia 127
A mal traer 127
A mal viento va esta parva 127
Amanecerá Dios y medraremos 128
Amanecerá Dios y verémonos 128
A mano salva 128
A manos lavadas 128
A más andar 128
A media rienda 128
A media voz 128
A menudo 128
A mesa puesta y a cama hecha 128
A milagro 128
A mi sabor 128
A mi salvo 128
A mis solas 128
A montón 128
Amores platónicos 129
A mujeriegas 129
Andad con Dios 129
Andando los tiempos 129

Andar a cuchilladas 129
Andar a gatas 129
Andar al estudio 129
Andar caballera 129
Andar de caída 129
Andar de nones 129
Andar de pie cojo 129
Andar de una en otra parte 129
Andar enamorado 129
Andar en boca de la fama 130
Andar en boca de las gentes 130
Andar en coche 130
Andar en puntillos 130
Andar en trenza y en cabello 130
Andar estaciones 130
Andar las siete partidas 130
Andar muerto 130
Andar por los andurriales 130
Andar yendo y viniendo 130
Añudar el roto hilo 130
A obra 130
A par 131
A partes 131
A paso lleno 131
A paso tirado 131
A pedir de boca 131
A pelo 131
Apellidar alarma 131
Apellidar la tierra 131
A pesar suyo 131
A pie enjunto 131
A pie quedo 131
A pierna tendida 131
A pies juntillas 131
A pique 131
A plomo 132

スペイン語の慣用句索引 | 225

A poca costa 132
A posta 132
A puerta cerrada 132
A punto de muerte 132
A puño cerrado 132
A ¿qué quieres boca? 132
Aquí de Dios 132
¡Aquí del Rey! 132
A raya 132
Argado sobre argado 132
A rienda suelta 132
A Roma por todo 132
A sabiendas 133
A salvamano 133
A sangre caliente 133
A sangre fría 133
A secas 133
Asegurar el hecho 133
Asentar la mano 133
A socapa 133
A solas 133
A su cuenta 133
A suelta rienda 133
A sueño suelto 133
A su salvo 133
A sus solas 133
Atar bien el dedo 134
A tiempo 134
A tiro de arcabuz 134
A tiro de ballesta 134
A tiro de escopeta 134
A todas horas 134
A tontas y locas 134
A tonto ni a sordo 134
A trechos 134
A tres tirones 134

A troche moche 134
A trueco 134
A tu salvo 134
A una parte a otra 135
A un punto 135
A un tris 135
A uña de caballo 135
A vuestra guisa y talente 135
Ayuda de costa 135

B

Bailar el agua delante 135
Bajar la cabeza y obedecer 135
Beber con guindas 135
Bien estás en el cuento 135
Boca arriba 136
Buena manderecha 136
Buenas entrañas 136
Buenas partes 136
Buen despacho 136
Buen discurso 136
Buen hombre 136
Buen pecho 136
Buen porque 136
Buen poso 136
Buen poso haya 136
Buen provecho te haga 136
Buen recado 136
Buen talle 136
Buscar gollerías 136

C

Cablleru de mohatra 137
Cada y cuando 137
Caer en el caso 137
Caer en la cuenta 137

Caerse las alas del corazón　137
Caminar a rienda suelta　137
Campaña rasa　137
Campo de Agramante　137
Cargar la mano　137
Cátalo cantusado　137
Cepos quedos　137
Cercén a cercén　137
Cerrar la noche　138
Ciego de enojo　138
Clavar los ojos　138
Cobrar aliento　138
Cobrar el sentido　138
Cobrar los espíritus　138
Coger a palabras　138
Colgado de sus palabras　138
Comerse las manos　138
Comer su pan　138
Como boca de lobo　138
Como cada hijo de vecino　138
Como de molde　139
Como el más pintado　139
Como la madre que la parió　139
Como llovida del cielo　139
Como moscas a la miel　139
Como por milagro　139
Como quien no dice nada　139
Como un palmito　139
Como un pino de oro　139
Como un rayo　139
Como yo soy turco　139
Compás de pies　139
Con buenas palabras　139
Con buen compás de pies　140
Concertar de la barata　140
Con cien ojos　140

Con cuántas veras　140
Condición blanda　140
Con el ayuda de Dios　140
Confesar de plano　140
Con gentil brío y continente　140
Con gran flema　140
Con gran pompa　140
Con mucho tiento　140
Con pie derecho　140
Con pie llano　140
Consistir el toque　140
Con sosegado ademán　140
Con tantas veras　141
Contar punto por punto　141
Con todos los diablos　141
Con trapo atrás y otro adelante　141
Con vos me entierren　141
Corazón de bronce　141
Correr como un gamo　141
Correr el dado　141
Cortarlas en el aire　141
Cosa de poco momento　141
Cosa de viento　141
Cosa pasada en cosa juzgada　141
Cosas de poco momento　141
Cosas tocantes a la bucólica　141
Coserse la boca　141
Cristiano viejo　142
Cristiano viejo rancioso　142
Cristo con todos　142
Cual más cual menos　142
Cuando Dios fuese servido　142
Cundo menos lo pienses　142
Cuando no me cato　142
Curarse en salud　142

スペイン語の慣用句索引

D

Dar albricias   142
Dar a entender   142
Dar al diablo   142
Dar al traste   143
Dar asalto   143
Dar barruntos   143
Dar batería   143
Dar cima   143
Dar color   143
Dar color de verdad   143
Dar consigo   143
Dar contento a los ojos   143
Dar crédito   143
Dar cuenta a Dios   143
Dar de gracia   143
Dar de pie   143
Dar de vestir   143
Dar diente con diente   144
Dar el parabién   144
Dar el retorno   144
Dar el último vale   144
Dar en el hito   144
Dar en el punto   144
Dar en la cuenta   144
Dar en qué entender   144
Dar en rostro   144
Dar en tierra   144
Dar espíritu   144
Dares y tomares   144
Dar gracias a Dios   144
Dar la bienllegada   145
Dar la ventaja   145
Dar la vida   145
Darle favor   145

Dar material   145
Dar mucha mano   145
Dar papilla   145
Dar paz   145
Dar paz en el rsotro   145
Dar puntada   145
Dar recado   145
Dar ripio a la mano   145
Dar rostro   145
Dar saco   146
Dar salto en vago   146
Darse al diablo   146
Darse a Satanás   146
Darse cata   146
Darse cordelejo   146
Darse de las astas   146
Darse maña   146
Darse pisto   146
Darse traza   146
Darse tres puntos en la boca   146
Dar su palabra   146
Dar vado   146
De allí adelante   147
De aquí adelante   147
De aquí al fin del mundo   147
De armas tomar   147
De baja raleza   147
Debajo de palabra   147
Debajo de ser hombre   147
Debajo de ser soldado   147
Debajo de techado   147
De bóbilis   147
De buena data   147
De buen gana   147
De buena pasta   147
De buenas a buenas   147

De buen talente 148
De buen tomo 148
De burlas 148
De cabo a cabo 148
De carne y hueso 148
Decir a tiento 148
Decir al corazón 148
Decir entre dientes 148
Decir entre sí 148
Decir la pura verdad 148
Decir mala palabra 148
Decir muy paso 148
Decir pasito 148
De claro en claro 148
De corrida 149
De cuando en cuando 149
De Dios dijeron 149
De grado 149
De haldas o de mangas 149
De industria 149
Dejar pasar en blanco 149
Dejar por muerto 149
Dejarse de cuentos 149
Dejarse en el tintero 149
Dejarse mal pasar 149
De la cuna a la mortaja 149
De lance a lance 149
De largo a largo 149
De lengua en lengua 150
De llano en llano 150
De los pies a la cabeza 150
De lucios cascos 150
De mal talente 150
De mano en mano 150
De manos a boca 150
De marras 150

De más tomo 150
De molde 150
De mucha cuenta 150
De muy buena gana 150
De muy buen parecer 150
De muy mala gana 150
De muy mala arte 151
De oídas 151
De paleta 151
De par en par 151
De parte a parte 151
De paso 151
De pelo en pecho 151
De perlas 151
De pies 151
De poco acá 151
De poco más o menos 151
De poco momento 151
De presto 151
De puertas adentro 151
De punta en blanco 152
De punto en punto 152
De puro bueno 152
Derecho como un huso 152
De rúa 152
Descargar el nublado 152
Descoser la boca 152
Descoserse y desbuchar 152
Descubrir la hilaza 152
Desde aquí adelante 152
Desde aquí para adelante de Dios 152
Desnudo en cueros 152
De solo a solo 152
Desplegar el labio 152
Después acá 152
Despuntar de agudo 153

スペイン語の慣用句索引 | 229

De tan mala guisa 153
De todo en todo 153
De todo punto 153
De un tirón 153
De veras 153
Día por día 153
Dimes y diretes 153
Dio del azote 153
Dios lo haga como puede 153
Dios será servido 153
Doblar una punta 153
Dormir a cielo descubierto 153
Dormir a sueño suelto 153
Dormir debajo de techado 154
Dormir debajo de tejado 154
Dormirse en las pajas 154
Dos higas 154
Duelos y quebrantos 154
Duro de cerebro 154

E

Echádmelos a las barbas 154
Echar agua a manos 154
Echar al aire 154
Echar a rodar 154
Echar cata 154
Echar dado falso 154
Echar de ver 155
Echar el pie adelante 155
Echar el sello 155
Echar en saco roto 155
Echar por tierra 155
Echar pullas 155
Echar raya 155
Echarse a las espaldas 155
Echarse al mundo 155

Echarse a pechos 155
Echarse de ver 155
Echar suertes 155
El busilis 155
El rey me hace franco 156
El tronco de la casa 156
El universo mundo 156
Enamorado hasta los hígados 156
En balde 156
En buena hora 156
En buen amor y compaña 156
En buen amor y compañía 156
En buen paz y compaña 156
En buen paz y compañía 156
En buen hora 156
En bureo 156
En campo abierto 156
En campo raso 156
Encender el deseo 157
Encendérsele la cólera 157
En cifra 157
En continente 157
En cueros 157
En daca las pajas 157
En dácame acá esas pajas 157
En dos paletas 157
En el ínterin 157
En el nombre de Dios 157
Enemigo de meterme en ruidos 157
En farseto 157
En fin, en fin 157
En guisa 157
En hora buena 158
En hora mala 158
En hora menguada 158
En la flor de su edad 158

En la quedada 158
En lleno 158
En mal punto 158
En mi ánimo 158
En paz y en haz 158
En pelota 158
En prendas 158
En su punto 158
Enterrarse en vida 158
Entrada en días 158
Entrambos a dos 158
Entrar de rondón 159
Entrar en bureo 159
Entre dientes 159
Entre la cena 159
Entre sí mismo 159
En un abrir y cerrar de ojos 159
En un punto 159
En verdad en verdad 159
En volandas 159
Erase que se era 159
Escoger como entre peras 159
Es cosa de mieles 159
Es cosa de nada 159
Escuchar de solapa 160
Es no es 160
¡Eso pido y barras derechas! 160
Esperar como el agua de mayo 160
Estar a diente 160
Estar a la mira 160
Estar a merced 160
Estar bien en la cuenta 160
Estar ciego 160
Estar colgado de las palabras 160
Estar de molde 160
Estar de temple 160

Estar en cinta 160
Estar en piernas 160
Estar en pinganitos 161
Estar en su centro 161
Estar en su punto 161
Estar en su seso 161
Estar en su trece 161
Estar fuera de juicio 161
Estar hecho 161
Estar hecho uva 161
Estar lastimado de los cascos 161
Estar más a cuento 161
Estar picado en el molino 161
Estarse a pierna tendida 161
Estarse en sus trece 161
Estarse mano sobre mano 161
Estarse quedo 162
Estar sin juicio 162
Estar sobre aviso 162
Estar suspenso 162
Este quiero; aqueste no quiero 162
Este valle de lágrimas 162

F

Falta de juicio 162
Faltar los espíritus 162
Falto de juicio 162
Falto de meollo 162
Flor, nata y espuma 162
Flor y espejo 162
Frente a frente 163
Fuera de juicio 163
Fuera de sentido 163
Fuera de sí 163

G

Gata por cantidad   163
Gato por liebre   163
Gaudeamus tenemos   163
Gente llana   163
Gentil relente   163
Gracias a Dios   163
Gracias sean dadas   163

H

Había grandes días   164
Hablando entre sí mismo   164
Hablar entre sí   164
Hacedme placer   164
Hacer al caso   164
Hacer a toda ropa   164
Hacer bueno   164
Hacer cala y cata   164
Hacer calle   164
Hacer cocos   164
Hacer corrillos   164
Hacer cosquillas en el ánimo   164
Hacer cuenta   165
Hacer de las suyas   165
Hacer del ojo   165
Hacer de los ojos linternas   165
Hacer de señas   165
Hacer de título   165
Hacer finta   165
Hacer gracia   165
Hacer hincapié   165
Hacer la enmienda   165
Hacer la guarda   165
Hacer mala cara   165
Hacer mal rostro   166
Hacer mamonas   166
Hacer melindre   166
Hacer merced   166
Hacer monas   166
Hacer mundo y uso nuevo   166
Hacer orejas de mercader   166
Hacer pagado   166
Hacer penitencia   166
Hacer placer   166
Hacer placer y buena obra   166
Hacer pucheros   166
Hacer rpstro   166
Hacer satisfecho   166
Hacerse cruces   167
Hacerse del rogar   167
Hacerse fuerza   167
Hacerse un ovollo   167
Hacer tus tus   167
Hacer unos nuevos   167
Hacer vengado   167
Hasta el cabo del mundo   167
Hasta el día del juicio   167
Hasta el último ardito   167
Hasta el último maravedí   167
Hasta el fin del mundo   168
Hasta obra   168
Hecho carne momia   168
Hecho equis   168
Hecho polvos   168
Hecho una alheña   168
Hecho una bausán   168
Hecho y derecho   168
Herido de muerte   168
Herir de pie y de mano   168
Hermosa tropa   168
Hinchar las medidas   168

Hinchar un perro   168
Hombre de bien   168
Hombre de buenas prendas   169
Hombre de carne y de hueso   169
Hombre de chapa   169
Hombre de pelo en pecho   169
Hombre de pro   169
Hombre falto de seso   169
Hombre hecho y derecho   169
Hombre humano   169
Hueco y pomposo   169

I

Ir a la buena hora   169
Ir a la mano   169
Ir a los alcances   169
Ir con el compás en la mano   170
Ir con la corriente del uso   170
Ir con la sonda en la mano   170
Ir con pie de plomo   170
Irle mucho en ello   170
Ir muerto   170
Irse con la corriente   170
Irse de las mientes   170
Irse en humo   170
Irsele los ojos   170
Irse por esos mundos   170

J

Juntar corrillos   170
Juro cierto   171

L

Ladrón de más de la marca   171
La flor y nata   171
La hora de agora   171

La hora de ahora   171
Lanzar fuego por los ojos   171
La pura verdad   171
La quinta esencia   171
Las barbas honradas   171
Las nubes de antaño   171
La verdad desnuda   171
Le cayó en las mientes   172
Lengua viperina   172
Les salió al camino   172
Les tomó la noche   172
Levantar las tablas   172
Levantar los manteles   172
Libre y sin costas   172
Llamarse a engaño   172
Llegar apenas a los labios   172
Llegar muy al cabo   172
Llenarse los ojos de agua   172
Llevar a cargo   172
Llevar bien herrada la bolsa   172
Llevar el gato al agua   172
Llevar en peso   173
Llevar en volandillas   173
Llevar en vuelo   173
Llevar la embajada   173
Llevar la palma   173
Loco de atar   173
Lo demás allá se avenga   173
Lo vi por mis propios ojos   173
Luego al punto   173
Luego luego   173

M

Mala catadura   173
Mal año y mal mes   173
Mala ojeriza   174

Malas lenguas   174
Mal de su grado   174
Mal me han de andar las manos   174
Mal para el cántaro   174
Mal pecho   174
Mal paleja y catadura   174
Mal que le pesase   174
Mal que les pese   177
Mal que nos pese   174
Mal recado   174
Mal talente   174
Mano a mano   174
Manos a la labor   175
Manos a la obra   175
Mascar a dos carrillos   175
Matar la caspa   175
Matar las velas   175
Me dio el alma   175
Mejorado en tercio y quinto   175
Me las pelaría   175
Mentir por mitad de la barba   175
Meter en los cascos   175
Meter las manos hasta los codos   175
Meter mano   175
Meterse de rondón   175
Meterse en dibujos   176
Meter un ojo en el otro   176
Mía fe   176
Miel sobre hojuelas   176
Mirar a hurto   176
Mirar de hito en hito   176
Mirar de mal ojo   176
Mirar en ello   176
Mirar por el virote   176
Moler como cibera   176
Mondarse los dientes   176

Morderse la lengua   176
Morderse tres veces la lengua   176
Morirse de risa   176
Moza de chapa   176
Mozo motilón   177
Mudar la color   177
Mudó la color del rostro   177
Muerto de envidia   177
Muerto de risa   177
Mujer de pro   177
Murmurando entre los dientes   177
Muy a su sabor   177
Muy a su salvo   177
Muy a tu sabor   177
Muy leído   177
Muy peor   177

N

Nacer es las malvas   177
Nata y flor   178
Ni a tres tirones   178
Ni grado ni gracias   178
Ni más ni menos   178
Ni por pienso   178
Ni por semejas   178
Ni veas ni oyas a derechas   178
No apartarse un dedo   178
No caber en sí de contento   178
No cocérsele a uno el pan   178
No dar dos maravedis   178
No dar puntada   179
No darse a manos   179
No dársele nada   179
No dársele un ardito   179
No darse punto de reposo   179
No dar una en el clavo   179

No decirlo por tanto　179
No dejar cosa sana　179
No dejar de la mano　179
No dejar hueso sano　179
No descoser los labios　179
No desplegar los labios　179
No echarlo en saco roto　179
No en mis días　179
No es así como quiera　180
No estimarlo en dos arditos　180
No faltar dos dedos　180
No hablar palabra　180
No hacer al caso　180
No hacer baza　180
No hay pensar　180
No importar dos maravedis　180
No ir a la mano　180
No irle en zaga　180
No ir muy fuera de camino　180
No la alcanzara una jara　180
No llegar al zapato　181
No llevar pies ni cabeza　181
No meterse en dibujos　181
No meterse en vidas ajenas　181
No pagar un solo cornado　181
No poder dar un paso　181
No poder irse a la mano　181
No poderse tener　181
No quiero de tu capilla　181
No quitqr los ojos　181
No responder palabras　181
No salir a la plaza　181
No salirse de un punto　182
No se me da un higo　182
No sé qué diablos ha sido　182
No sé qué se fue　182

No sería yo hija de quien soy　182
Nos han de oír los sordos　182
No sino dormíos　182
Nos quita mil canas　182
No tener blanca　182
No tenerlas todas consigo　182
No tener mucha cuenta　182
No tener nada de manco　182
No tener oficio ni beneficio　183
No tener un cuarto　183
No tocarle en el pelo de la ropa　183
No valer dos habas　183
No valer dos maravedís　183
No valer un cuatrín　183
No va más en mi mano　183
No ver la hora　183
No volver el pie atrás　183

O

Oído alerto　183
Oler de media legua　184
Oliscar a tercera　184
Otro gallo te cantara　184

P

Pagar con las setenas　184
Pagar en la misma moneda　184
Pagar un cuarto sobre otro　184
Pagar un real sobre otro　184
Palmo a palmo　184
Pan de trastrigo　184
Paño de tocar　184
Papar duelos　185
Papar viento　185
Para mi santiguada　185
Para mis barbas　185

Para mi tengo 185
Parando mortal el rostro 185
Pararse colorado 185
Para servir a Dios 185
Par Dios 185
Parecerse como un huevo a otro 185
Parecer un ascua de oro 185
Parte por parte 185
Partir como un rayo 185
Pasar a cuchillo 185
Pasar de claro 186
Pasar de la memoria 186
Pasar de largo 186
Pasar de esta vida 186
Pasar en flores 186
Pasar en silencio 186
Pasar la tela 186
Pasar por el pensamiento 186
Pasmarse de arriba abajo 186
Paso ante paso 186
Patas arriba 186
Pescador soy yo a Dios 186
Pedir con muchas veras 186
Pedir por amor de Dios 186
Pedir un don 187
Pegar el ojo 187
Pegar los ojos 187
Pensar en lo excusado 187
Perder de una mano a otra 187
Perder el juicio 187
Perder el seso 187
Perder la color 187
Perder la color del rostro 187
Perder los estribos 187
Persona humana 187
Persona de cuenta 187

Pie de altar 187
Poca sal en la mollera 187
Pocas letras 188
Poco a poco 188
Poco más o menos 188
Poner a brazos 188
Poner alas al deseo 188
Poner cual no digan dueñas 188
Poner el cuello en la gamella 188
Poner el negocio en aventura 188
Poner en bando 188
Poner en obra 188
Poner en paz 188
Poner en pico 189
Poner en pretina 189
Poner en su punto 189
Poner lengua 189
Poner los ojos 189
Poner los pies 189
Poner los pies en polvorosa 189
Poner más blando que un guante 189
Poner por obra 189
Poner por tierra 189
Poner prendas 189
Poner sal en la mollera 189
Poner a lo verano 190
Ponerse a mirar 190
Ponerse de hinojos 190
Ponerse en cobro 190
Ponerse en las manos de Dios 190
Poner sobre la cabeza 190
Poner sobre las niñas de sus ojos 190
Por bien de paz 190
Por Dios que no soy nada blanco 190
Por el Dios que nos rige 190
Por el mismo tenor 190

Por el siglo de mi madre 190
Por el sol que nos alumbra 190
Por la posta 190
Por lo menos menos 190
Por lo que pudiere suceder 191
Por los huecos de mi padre 191
Por los ojos que en la cara tenía 191
Por menudo 191
Por milagro 191
Por modo de fisga 191
Por momentos 191
Por siempre jamás amén 191
Por sí o por no 191
Por sus pasos contados 191
Prestar paciencia 191
Probar otra vez la mano 191
Pública voz y fama 191
Puesto caso 191
Puesto en la estacada 192
Pinto de honra 192
Punto por punto 192
Pura verdad 192

Q

Quebrarse la cabeza 192
Quedar heredado 192
Quedar pasmado 192
Quedar preso 192
Quedarse con la boca abierta 192
Quedarse pelando las barbas 192
Quedar suspenso 192
Que es otro que tal 192
Quemarse las cejas 193
Que orégano sea 193
Qué se me da a mí 193
Quítame allá esas pajas 193

Quitarse un gigote 193

R

Rabo entre piernas 193
Rasa como la palma de la mano 193
Rata por cantidad 193
Razón y cuenta 193
Remondarse el pecho 193
Requerir de amores 193
Reventar de risa 194
Reventar el corazón en pecho 194
Revevtar riendo 194
Rey ni roque 194
Risa de jimia 194
Roer los huesos 194
Roer los zancajos 194
Rogar buenos 194
Romper lanzas 194
Romper y atropellar por dificultades 194
Rostro de media legua de andadura 194

S

Sabe Dios cómo 194
Saber de buena parte 195
Saber de coro 195
Sacar a la plaza 195
Sacar a las barbas del mundo 195
Sacar a plaza 195
Sacar a vistas 195
Sacar a adahala 195
Sacar de harón 195
Sacar de juicio 195
Sacar de quicio 195
Sacar de sus casillas 195
Sacar el alma a puntillazos 195
Sacar el pie del lodo 195

Sacar en limpio 195
Sacar fuerzas de flaqueza 196
Sacar la barba del lodo 196
Sacar verdadero 196
Salir a buen puerto 196
Salir a la plaza 196
Salir a la vergüenza 196
Salir a la gallarín 196
Salir a los hocicos 196
Salir del aprieto 196
Salir en público 196
Salirle al camino 196
Sano y salvo 196
Sano y salvo y sin cautela 196
Santiago y cierra, España 196
Se las tenía tiesas 197
Se me revuelve el alma 197
Ser de más cómodo 197
Ser la lumbre de sus ojos 197
Ser largo de contar 197
Ser pan agradecido 197
Ser por el cabo 197
Ser público y notorio 197
Ser su rabo 197
Ser tal como bueno 197
Ser tan bueno como el pan 197
Ser nuevo Alejandro el Magno 197
Ser un Fúcar 197
Si a mano viene 198
Siendo Dios servicio 198
Si mal no me acuerdo 198
Sin aliento 198
Sin blanca 198
Sin color en el rostro 198
Sin daño en las barbas 198
Sin decir esta boca es mía 198

Sin decir palabra 198
Sin hablar palabra 198
Sin hacerse más de rogar 198
Sin hacerse mucho de rogar 198
Sin más ni menos 198
Sin mover los labios 198
Sin mover pestaña 199
Sin mover pie ni mano 199
Si no lo han por enojo 199
Si no lo tienen por enojo 199
Sin parar 199
Sin pegar pestaña 199
Sin pulsos 199
Sin qué ni para qué 199
Sin replicar más palabra 199
Sin replicar palabra 199
Sin responder palabra 199
Sin tener en cuenta 199
Sobre comido 199
Sobre el cuerno de la luna 199
Sobre eso, morena 200
Sobremodo 200
Sopa de arroyo y tente bonete 200
Sosegad el pie y estaos quedito 200
Sosegar el pecho 200
Soy quito 200
Su boca será la medida 200
Sudar los dientes 200
Suelta lengua 200
Suplicar con lágrimas en los ojos 200
Sus contentos 200

T

Tal podría correr el dado 201
Tan en seso 201
Tan luego 201

Tan por los cabos   201
Tan puesto   201
Tan sin más ni más   201
Tanto cuanto   201
Tanto más cuanto   201
Tanto monta   201
Tender la vista   201
Tendido de largo a largo   201
Tener a buena sañal   201
Tener a cargo   201
Tener a mano   202
Tener a raya   202
Tener barruntos   202
Tener buena mano   202
Tener cuenta   202
Tener el alma en los dientes   202
Tener en poco   202
Tener gran cuenta   202
Tener güero el juicio   202
Tener los ojos abiertos como liebre   202
Tener ojeriza   202
Tener ojo   202
Tener por sin duda   202
Tener puntas y collar   203
Tenerse por muerto   203
Tener suspenso   203
Tener un alma como un cántaro   203
Tengamos la fiesta en paz   203
Tengo para mí   203
Tentar a Dios   203
Tirar la barra   203
Tirios y Troyanos   203
Tocar al alma   203
Tocar en el pelo de la ropa   203
Todas veces   204
Todo se sale allá   204

Tomadas de orín   204
Tomar a cargo   204
Tomar barruntos   204
Tomar de moho   204
Tomar el camino en las manos   204
Tomar el pulso   204
Tomar el tiento   204
Tomar en peso   204
Tomar entre manos   204
Tomar la mano   204
Tomar la sangre   204
Tomar mal siniestro   204
Tomar primero la mano   204
Tortas y pan pintado   205
Traer colgado el alma   205
Traer el ojo alerta   205
Traer entre los ojos   205
Traer entre manos   205
Traer la mano por el cerro   205
Traer por los cabellos   205
Traerse bien   205
Tras cada cantillo   205
Trasquilar a cruces   205
Tratar a cuerpo de rey   205
Tratar amores   205

U

Una buena pieza   206
Una cara como una bendición   206
Una gran pieza   206
Una higa   206
Una mano de coces   206
Una por una   206
Un ciego lo verá   206
Un negro de uña   206
Un no sé qué   206

Un tiro de piedra   206

V

Valer un ojo de la cara   207
Valer un pan por ciento   207
Venga lo que viniere   207
Venir a cuento   207
Venir a la lengua   207
Venir a las manos   207
Venir a mano   207
Venir a pelo   207
Venir a tierra   207
Venir con parto derecho   207
Venir de molde   207
Venir en ello   208
Ver a ojos vistas   208
Ver las estrellas   208
Ver por vista de ojos   208
Ver sin peligro los toros   208
Vestido en pompa   208
Volar la ribera   208
Volver el juicio   208
Volver el recambio   208
Volver en sí   208
Volver en su acuerdo   208
Volver las espaldas   208
Volver las gracias   208
Volver las saludes   209
Volver por sí mismo   209
Volver por su honra   209
Vomitar las asaduras   209
Vomitar las entrañas   209
Vomitar las tripas   209

Y

Y ándese la paz en el corro   209
Y aun Dios, y ayuda   209
Y barras derechas   209
Y cada uno mire por el virote   209
Yendo días y viniendo días   209
Yendo y viniendo   209

日本語のことわざ索引

あ

藍より青し 109
悪銭身につかず 71
明日の十両より今の五両 79
暑さ忘れりゃ陰忘れる 56-57
当て事と越中は向うから外れる 51, 87
あとの喧嘩先でする 102
後の祭 103, 192
雨だれ石を穿つ 69

い

言うは易く行なうは難し 32
石の上にも三年 92
石橋を叩いて渡る 170
医者の不養生 37
一か八か 41
一難去って又一難 19, 118
一を聞いて十を知る 5
何時も柳の下に泥鰌は居らぬ 51, 87
犬に論語 85
命あっての物種 119
入るを量りて出ずるを為す 83
言わぬが花 5
言わねば腹脹る 32
因果応報 39

う

飢えては食を選ばず 66
牛は牛連れ、馬は馬連れ 8, 21
氏より育ち 84

嘘も方便 80
内弁慶の外地蔵 108
旨い事は二度考えよ 79
旨い物食わす人に油断すな 79
馬の耳に念仏 100
生れつきより育てが第一 84
瓜二つ 21, 117

え

栄華あれば必ず憔悴あり 3, 111
栄枯盛衰 3, 111
画に描いた餅 71

お

大風呂敷を広げる 32
お里が知れる 103
女の涙と犬のちんばは嘘 68
恩を仇で返す 2, 26, 85

か

飼い犬に手を噛まれる 26, 85
外面如菩薩内面如夜叉 36, 116
稼ぐに追付く貧乏なし 81
蟹は甲羅に似せて穴を掘る 21
金があれば馬鹿も旦那 68
金が物言う 68
金で面を張る 68
金持ち喧嘩せず 18
壁に耳あり 69
果報は寝て待て 95
間髪を容れず 91

日本語のことわざ索引 | 241

き

凶か吉か 41

く

空腹にまずい物なし 66
首ったけ 156
雲を霞 24
君子危うきに近寄らず 54, 60

こ

恋は盲目 42
後悔先に立たず 103
好機逸すべからず 27, 28, 49, 67
郷に入りては郷に従う 26
弘法も筆の誤り 8
紺屋の白袴 37
転ばぬ先の杖 142
虎口を逃れて竜穴に入る 19, 118

さ

先んずれば制す 48
坐して食えば山も空し 2, 111
猿も木から落ちる 8
去る者日々に疎し 94

し

自画自賛 62, 110
自業自得 25, 48
地獄の沙汰も金次第 29
釈迦に説法 5
柔能く剛を制す 64
朱に交われば赤くなる 37, 61
盛者必衰 111
少欲知足 36
尻に帆かける 24, 189

知る者は言わず言う者は知らず 5
人事を尽くして天命を待つ 4

す

過ぎたるは猶及ばざるが如し 113
棄てる神あれば助ける神あり 40

せ

精神一到何事か成らざらん 19, 117
急いては事を仕損じる 35
先制攻撃 48

そ

備えあれば憂なし 58
その手は桑名の焼蛤 12

た

対岸の火災 45
大器晩成 92
鷹は死しても穂をつまず 12
高みの見物 2, 53
宝の持ち腐れ 113
叩けば埃が出る 115
棚から牡丹餅 39
掌を反す 89
単刀直入 54, 125

ち

塵も積もれば山となる 82
朕が法なり 9
沈黙は金 5

て

鉄は熱いうちに打て 74, 100
出る杭は打たれる 110
天に唾す 30, 115

天は自ら助くる者を助く　4

と

灯台下暗し　22, 50
年寄りの冷水　120
虎は死して皮を留め人は死して名を残す　45
泥棒に追銭　56
飛んで火に入る夏の虫　46, 101

な

泣き面に蜂　19, 118
為せば成る　69

に

二階から目薬　97-98
似た者夫婦　21
二兎を追う者は一兎を得ず　62

ぬ

濡手に粟　172

ね

猫に小判　85

の

能ある鷹は爪をかくす　31
喉元過ぐれば熱さを忘れる　57
のるか反るか　41

は

馬脚をあらわす　103
化の皮をあらわす　103
馬耳東風　100
花より団子　116
早起きは三文の徳　78

腹が減っては戦ができぬ　116
腹ペコのぷりぷり　116
腹も身のうち　16, 24

ひ

一筋縄では行かぬ　178
人は見かけによらぬもの　86, 87
貧すれば鈍する　18

ふ

不言実行　32
豚に真珠　85
分相応が肝要　83
文武両道　93

ほ

仏の顔も三度　38
骨折損の草臥儲け　20, 108

ま

馬子にも衣裳　46
眉に唾をつける　110

み

ミイラ採りがミイラになる　60
水に流す　42
三つ子の魂百まで　15
身を捨ててこそ浮かぶ瀬もあり　92

む

無用の長物　83
無用の用　83
無理が通れば道理引っ込む　9

め

目糞鼻糞を笑う　37

日本語のことわざ索引

も

餅は餅屋　76, 103
もぬけの殻　51, 87
物言わねば腹脹るる　32
物は考えよう　112
門外漢　106
門前の小僧習わぬ経を読む　109

や

薮蛇　60, 115
山高きが故に貴からず　86, 87

よ

羊頭狗肉　163
欲の熊鷹股裂くる　62
夜目遠目笠の内　34
寄らば大樹の蔭　47, 101
弱り目に祟り目　19, 118

り

良薬口に苦し忠言耳に逆う　54
臨機応変　26, 112

る

類は友を呼ぶ　37, 61
類を以って集まる　37, 61

わ

笑う門には福来る　102
割れ鍋にとじ蓋　21

山崎信三（やまざき・しんぞう）
1943年富山県生まれ。文学修士。元立命館大学経営学部教授。
1974年～1978年、スペイン労働省中央労働災害防止協会翻訳室翻訳担当職員。
論文：「スペイン語詩の韻律学的分析とその問題点」（『HISPANICA』26、日本イスパニヤ学会、1982)、「スペイン語詩のアクセントとリズム」（同書27、1983)、「『ドン・キホーテ』ことわざ考」（『REHK』第5号、京都イスパニヤ学研究会、1997）他。
著書：『西訳日本ことわざ集』（山口書店1985)、『スペイン語ことわざ用法辞典』（大学書林1990、共著)、『ドン・キホーテ讃歌』（行路社1997、共編）他。

ドン・キホーテのことわざ・慣用句辞典

2013年10月20日　　初版第1刷印刷
2013年10月30日　　初版第1刷発行

著　者　　山崎信三
発行者　　森下紀夫
発行所　　論　創　社
　　　　　東京都千代田区神田神保町2-23　北井ビル
　　　　　tel. 03 (3264) 5254　fax. 03 (3264) 5232
　　　　　振替口座 00160-1-155266
　　　　　http://www.ronso.co.jp/
装　幀　　中野浩輝
印刷・製本　中央精版印刷

ISBN978-4-8460-1263-2　©Shinzo Yamazaki 2013 Printed in Japan
落丁・乱丁本はお取り替えいたします。

論創社

ドン・キホーテの世界をゆく◉篠田有史・工藤律子
ドン・キホーテのふるさと、スペイン・ラ・マンチャ地方をたどりながら、作者セルバンテスのメッセージを解き明かし、名作の魅力を生き生きと伝えるフォトエッセイ。松本幸四郎氏特別寄稿・推薦。　　　　　**本体2000円**

ガリシア 心の歌【CDつき】◉浅香武和 編著
ラモーン・カバニージャスを歌う　スペイン・ガリシア地方が生んだ憧憬の詩人、カバニージャスの詩と音楽をあなたに。付属CDに「わが村の空よ」「シール河の砂金採りの娘」など代表作8曲を収録。　　　**本体2000円**

哲学・思想翻訳語事典【増補版】◉石塚正英　柴田隆行 監修
発売から10年。「質料と質量」「社会学」「零」など新10項目を加えた増補新装版。哲学、思想、科学、文芸、その他文化的諸領域にわたり、選りすぐりの翻訳語204項目の概念と語義を徹底的に解剖・科学する！　**本体9500円**

精神医学史人名辞典◉小俣和一郎
収録数411名。精神医学・神経学・臨床心理学とその関連領域の歴史に登場する研究者・医療者を系統的に収録した、本邦初の人名辞典。図版多数。研究者必携の書。　　　　　　　　　　　　　　　　　　　**本体4500円**

フランス文化史◉ジャック・ル・ゴフほか
ラスコーの洞窟絵画から20世紀の鉄とガラスのモニュメントに至る、フランス文化史の一大パノラマ。ジャック・ル・ゴフら第一級の執筆陣によるフランス文化省編纂の一冊。(桐村泰次訳)　　　　　　**本体5800円**

ルネサンス文明◉ジャン・ドリュモー
社会的・経済的仕組みや技術の進歩など、従来とは異なる角度から文明の諸相に迫る。『中世西欧文明』『ローマ文明』『ギリシア文明』『ヘレニズム文明』に続く、好評「大文明」シリーズ第5弾。(桐村泰次訳)　**本体5800円**

ギリシャ劇大全◉山形治江
芸術の根源ともいえるギリシャ悲劇、喜劇のすべての作品を網羅して詳細に解説する。知るために、見るために、演ずるために必要なことのすべてが一冊につまった、読みやすい一冊。　　　　　　　**本体3200円**

好評発売中！